COLLECTION SÉRIE NOIRE

Créée par Marcel Duhamel

Parutions du mois

2397. MÉMOIRE EN CAGE
(THIERRY JONQUET)

2398. MA CHÈRE BÉA
(JEAN-PAUL NOZIÈRE)

2399. DAME QUI PIQUE
(CRAIG SMITH)

2400. FREE
(TODD KOMARNICKI)

954. LA HACHE
(ED MCBAIN)

THIERRY JONQUET

Mémoire en cage

nrf

GALLIMARD

Cet ouvrage a été publié pour la première fois en 1982 par les Éditions Albin Michel.

QUI

I

Cynthia

Il est 9 heures. C'est le moment de prendre mon poste, comme tous les matins. Pour voir arriver l'ordure. Il y a beaucoup de bruit. Les gosses. Ils arrêtent pas de crier en courant dans les couloirs. Quand ils tombent, ça fait un bruit de ferraille. C'est leurs appareils, qui font ça. Mais ils se font pas mal, en tombant. Ils se relèvent et ils repartent en rigolant.

Il fait très beau, c'est le 3 juillet. Le mardi 3 juillet. Hier soir, c'était la fête de l'école. Et aujourd'hui, les gosses attendent que leurs parents viennent les récupérer, pour les vacances. Certains, c'est pas leurs parents, qui viennent, c'est les moniteurs d'une colo. Il fait très chaud. Ce matin, Marie-Line était très occupée, elle a pas eu le temps de m'habiller. J'ai encore mon pyjama. Le Petit-Bateau jaune et vert que ma sale conne de mère a apporté la dernière fois qu'elle est venue. C'était en avril.

Marie-Line était très pressée : des trousseaux à préparer, pour les départs en colo, justement. Elle m'a fait manger vite fait, mais sans trop brusquer. Je l'aime bien, Marie-Line. Je sais pas si elle m'aime bien, elle. Quand elle est de nuit, elle parle en tricotant, pour ses enfants. Elle parle toute seule, parce que, même si elle est gentille, je crois pas qu'elle s'use la salive à me parler. Elle parle toute seule, quoi ! Je suis là, à baver devant elle, avachie sur mon fauteuil, et elle se parle. Les impôts, les histoires de famille, son mari qui est méchant avec elle, tout y passe. De temps en temps, elle me sourit, elle me regarde. Elle prend un torchon et elle m'essuie la bave.

C'est la plus gentille. Elle s'occupe bien de moi, même quand j'ai mes règles et qu'il faut me changer les serviettes. Avant que Marie-Line arrive, il y avait Olga, une grosse blonde. Elle me cognait dessus quand je laissais couler ma soupe. Elle tapait et moi, pour me venger, je faisais dans ma culotte, ça l'obligeait à me changer. Mais elle est plus là, Olga, maintenant, c'est tout le temps Marie-Line qui s'occupe de moi.

C'est la panique, dans le grand couloir. Les valises commencent à s'entasser. Les gosses s'énervent. Les aides-soignants râlent, ils se faufilent pour échapper à la surveillante. Elle est pas contente, parce que tout le monde est en retard ! Ça m'amuse bien de regarder tout ce cirque.

Je suis plantée au milieu du couloir, devant le bureau du médecin. J'encombre. Je regarde en bavant ; les gosses courent dans tous les sens. Quand ils s'éloignent, c'est marrant, je les vois plus pareil. Je les vois en biais, les murs aussi, tout est en biais. De près, c'est bien, le relief est comme avant, mais à cinq mètres, zou, tout part de traviole, j'ai les yeux qui louchent. C'est à cause de la position de ma tête, penchée, toujours penchée. Et encore, je me plains pas, ça s'est atténué, au début, c'était pire.

Voilà que ça crie, derrière moi. C'est la surveillante, avec sa belle blouse toute blanche et son petit chapeau tout blanc aussi. Elle me pousse, elle me tire, elle me range dans un coin où je gênerai moins.

La surveillante, avec Marie-Line, c'est la seule qui m'appelle par mon prénom. Cynthia. Cynthia, c'est une idée de ma sale conne de mère. Les autres, ils disent pas Cynthia, ils disent « la grosse »; c'est vrai que j'ai grossi, surtout ces derniers mois. Ils disent aussi « le boudin » ou « la 12 », à cause du numéro de ma chambre.

Oui, Cynthia, c'est ma mère qui a choisi ce nom-là. Le salaud, lui, aurait préféré Christine ou Bernadette, ou un truc comme ça. Mais ma sale conne de mère, non, Cynthia! Une astuce pour détacher encore un peu plus sa fille du lot. Cynthia, la fille de ceux qui tiennent le restaurant, à la sortie d'Attencourt. Pensez si ça en jette!

Dans deux minutes, c'est 9 heures, il faut pas que je loupe l'ordure. Il est très ponctuel. Tous les matins il est là à 9 heures pile. Depuis deux ans, je l'ai jamais vu arriver une seule fois en avance. 9 heures, pile 9 heures.

Je pousse la manette et je glisse lentement le long du grand couloir en pente qui mène à l'entrée de l'Institut.

Il y a pas que chez nous qu'il y a de l'agitation pour le départ en vacances. Au B et au A, c'est la même chose. Quand vous entrez à l'Institut, vous traversez d'abord le pavillon A, et ensuite le pavillon B, et, tout au bout, le C. Moi, j'occupe la chambre 12, au C. On dit pavillon, comme s'il y en avait vraiment plusieurs, mais en fait, c'est rien qu'un seul bâtiment, tout en longueur.

Voilà, ça y est, il est 9 heures. Je suis dans le hall d'entrée, sous la plaque de l'inauguration de l'Institut.

INSTITUT NATIONAL DE RÉADAPTATION.
OPÉRATION ESPOIR. 1961.

Je pourrais vous la réciter par cœur, cette plaque, il y a le nom du ministre qui a posé la première pierre, un mot de remerciements pour la radio R. T. L., qui a fait du tapage sur les enfants handicapés et tout. Je peux pas me souvenir, en 1961, j'étais pas née. Je suis née en 65, j'aurai seize ans dans six mois. Tous les matins, je l'attends là, l'autre ordure, à 9 heures, dans le hall, sous la plaque.

*

À 8 heures 55, une Renault 20, grise, avec un caducée apposé sur le pare-brise, se présenta devant la barrière. Dans la petite guérite de verre, le garde manœuvra la barrière et adressa un signe de la main au conducteur. La Renault 20 avança à vitesse réduite sur une allée étroite, goudronnée, qui traversait un parc parsemé de massifs de fleurs, tulipes, roses, hortensias, glaïeuls. L'allée était bordée de platanes et de tilleuls. Dans le parc, des malades, en pyjama et robe de chambre, se promenaient à pas lents, en petits groupes. Ils s'appuyaient sur des cannes, certains portaient des plâtres, d'autres des minerves. L'un d'eux avait la tête bandée.

La Renault 20 contourna un pavillon grisâtre dont la porte d'entrée était surmontée d'une enseigne lumineuse sur laquelle se détachaient des lettres bleues : Radiologie. Suivaient la dialyse et la pharmacie, contiguës. La voiture obliqua à droite et évita ainsi de longer la grande bâtisse de briques rouges, sinistre, de plusieurs étages, érigée au beau milieu du parc et qui abritait les chambres des malades.

Au centre d'une pelouse impeccablement soignée, une pancarte indiquait : Service des enfants. Derrière la pelouse se dressait une construction plus récente, un cube de béton troué de verre poli.

Le conducteur de la Renault 20 sortit de son véhicule. Il saisit une serviette de cuir sur le siège du passager avant ainsi qu'un paquet de revues. Il dépassa la plaque de cuivre, vissée sur le mur, sur laquelle on pouvait lire : Institut national de réadaptation. Pavillon A : Service des amputés congénitaux. Pavillon B : Traumatologie infantile. Pavillon C : Infirmes moteurs cérébraux.

Il posa le pied sur le tapis de caoutchouc. Devant lui, les grandes portes de verre s'écartèrent pour libérer le passage. Une voix s'adressa à lui, celle d'un employé en blouse blanche installé derrière un bureau.

— Bonjour, docteur Morier, voilà votre courrier, s'écria l'employé.

Morier venait tout juste de fêter ses quarante ans. Ses épaules voûtées, son crâne dégarni, son visage émacié et la moustache poivre et sel, clairsemée, qui barrait sa lèvre supérieure soulignaient pourtant un vieillissement précoce. Le docteur Morier marqua un bref temps d'arrêt devant la main qui lui tendait son courrier. Il s'agissait de revues médicales, de prospectus que lui adressaient les laboratoires pharmaceutiques… Il serra sa serviette dans la main droite et, du bras gauche, retint la pile de documents qu'il avait tirée de sa voiture. L'employé en blouse blanche glissa le courrier dans l'une des poches extérieures de la serviette de cuir. Morier sourit pour remercier, puis porta son regard – où perçait déjà une pointe d'irritation anticipée – vers l'autre extrémité du hall d'entrée de l'Institut. Cet agacement ne devait rien au hasard. Ni à l'humeur morose du docteur Morier. Comme tous les matins, depuis presque deux ans, elle était là, à l'attendre, comme une sentinelle fidèle, tenace, obsédante. Elle se tenait sous la plaque d'inauguration de l'Institut : R. T. L. Opération Espoir. 1961. Avachie dans son fauteuil. Un long filet marron lui coulait sur le menton et la poitrine.

« Ils ont encore dû l'empiffrer de chocolat », se dit Morier.

Morier ne l'appelait pas Cynthia ou la 12 du C. Avec ses collègues, ou avec une infirmière, il disait « la petite Sartan », non pas Cynthia Sartan, simplement la petite Sartan. Mais, pour lui-même, pour ces moments divers de la journée où il l'apercevait, traînant dans le couloir, il pensait : « Le légume. Voilà le légume, le légume est encore là. »

Son visage se contracta en une grimace de dégoût mêlé de colère. Cynthia quitta son poste d'observation, sous la plaque, en actionnant la poignée de son fauteuil. Il s'agissait d'un fauteuil roulant équipé d'un moteur électrique alimenté par une batterie placée sous le siège. Le moteur était presque insonore. On percevait à peine un ronronnement égal, sans à-coups. Cynthia le manœuvrait grâce à une manette à boule placée sur l'accoudoir gauche. Quatre positions, une seule vitesse. Avant, arrière, virage à droite, virage à gauche. Les roues aux pneus de caoutchouc filèrent sur les dalles plastifiées du sol.

Encombré par son chargement de revues, Morier la regarda approcher, avec sa tête penchée vers la droite, presque à l'envers, le sempiternel coulis de salive tachant le pyjama qu'on ne lui avait pas changé ce matin, faute de temps, sans doute. Morier s'élança dans le couloir, à grandes enjambées, mais le fauteuil le rattrapa. Cynthia poussa un cri inarticulé, tordant son visage, déboîtant presque sa mâchoire inférieure, les yeux écarquillés. Morier évita d'extrême justesse la main dégoulinante de bave qu'elle s'apprêtait à plaquer sur la veste de son costume. Il dépassa le pavillon A en courant et rejoignit un second hall, identique au premier. Les murs étaient tapissés de dessins d'enfants.

L'employé en blouse blanche quitta son poste derrière le bureau et bloqua Cynthia dans le couloir, pour ne plus la laisser ennuyer le monde. Morier pénétra dans un bureau dont la porte était pourvue d'une plaque à son nom.

Morier

Je vais me débrouiller pour la faire mettre dehors, la sale petite garce. Je ne peux plus la supporter. Il faudra que j'en dise deux mots à l'assistante sociale. Lui trouver un autre centre, je ne sais pas, moi... La dernière fois que je le lui ai demandé, elle a prétexté qu'elle ne pouvait rien faire tant que Cynthia n'aurait pas dépassé l'âge limite. J'ai insisté, joué la pitié, insinué qu'il vaudrait mieux la rapprocher de chez ses parents, j'ai suggéré un placement en hôpital psychiatrique. Pour les enfants présentant des pathologies identiques, il n'y a guère d'autres solutions, à long terme... L'assistante sociale n'a pas voulu en démordre. Cynthia aura seize ans dans six mois, en décembre. Elle devra alors quitter l'Institut. Nous recevons les nourrissons et les adolescents, jusqu'à seize ans. Encore six mois à la croiser dans les couloirs, c'est plus que je ne peux supporter! Je reviendrai à la charge. L'assistante sociale ne pourra plus me dire, Docteur, vous savez bien que je ne peux pas bousculer l'avis de la commission de la Sécurité sociale. Elle ne pourra plus me servir ses salades. Je me contrefous de sa paperasserie.

Sale garce, elle aussi. L'assistante sociale. La trentaine, pas mal. Des airs de sainte nitouche. En fait, tout l'internat lui est passé dessus. Et moi aussi, bien sûr. Au lit, elle continuait de m'appeler docteur. Elle a de longues cuisses nerveuses mais une poitrine un peu fatiguée. Pas mal quand même. En fait, je crois qu'elle sait. Elle sait et elle a couché avec moi pour avoir la joie sadique de voir resurgir l'histoire du légume. Je ne crois pas que Planet la lui ait racontée. Il a été discret.

Mais, peut-être se l'est-il envoyée lui aussi, peut-être lui a-t-il parlé ? Les confidences sur l'oreiller, il n'y a rien de pire. Et l'Institut est un vrai repaire de concierges, une niche à rumeurs...

Elle a réussi à me tacher ma veste, elle avait la main pleine de bave et de chocolat. Une petite éclaboussure, ça ne se voit presque pas. Enfin, dans six mois, je ne verrai plus ce débris.

Je fais la visite avec Planet, à 9 heures et demie. Il paraît qu'il y a eu une entrée intéressante. Une dysplasie coxo-fémorale stupéfiante. Je vais demander des bons-radios, pour archiver les clichés.

Cet après-midi, je vois le correcteur ou le chef de fabrication, je ne sais plus, chez Maçon et Cie. Justement, il y a des problèmes, avec certaines reproductions de clichés. Ils prétendent que ça passera mal à l'impression, ou alors qu'il faudrait modifier le glaçage, ce qui augmentera les coûts de fabrication. Ils finiront bien par me dire d'aller chez un autre éditeur, au train où vont les choses... J'ai écrit un livre. Sur la pathologie de la hanche chez l'enfant. La somme des connaissances en la matière. L'aspect pathologique et le versant thérapeutique. J'avais trouvé une maison d'édition, mais depuis un mois, les problèmes ne cessent de s'accumuler. Les problèmes techniques, soi-disant.

Si ça ne marche pas avec Maçon et Cie, j'aurai des difficultés à trouver un autre éditeur. Peut-être Planet pourra-t-il m'aider ? Planet est mon beau-père. Enfin, était, puisqu'elle est partie. C'est lui le patron du pavillon B. Un des meilleurs spécialistes européens de traumatologie infantile. C'est lui qui m'a fait entrer au pavillon B, à l'Institut. En se taisant. J'ai un poste d'assistant. Planet choisit ses assistants.

Au début j'étais un peu perdu. Je ne supportais pas de croiser Planet quand il descendait au bloc opératoire. Pendant les briefings de prévision des interventions, je prétextais n'importe quelle bêtise pour me trouver ailleurs. Et ça a duré un an. Un an à tâtonner dans le brouillard. Ensuite je me suis décidé à préparer mon livre. Planet a mis les archives de l'Institut à ma disposition. Cela représente une masse de documentation considérable.

À présent, je suis beaucoup moins dépressif. Même si Isabelle me manque. Isabelle est la fille de Planet. Et c'était ma femme. Elle est partie, elle m'a quitté.

Il faut que je commence à préparer sérieusement ma conférence. Le 13 juillet, je dois prononcer une allocution lors d'un congrès de pédiatrie, à Zurich. Sur la pathologie de la hanche chez le nourrisson. C'est en partie la matière de mon livre, mais il me reste à sélectionner des diapos, à mettre en forme l'exposé... Je n'ai jamais autant travaillé que ces derniers mois. Même quand j'opérais, je m'accordais plus de repos. Et puis il y avait Isabelle. Elle me manque terriblement.

Mes mains tremblent, souvent. Pendant mes moments d'absence, je les regarde s'agiter imperceptiblement. J'ai arrêté l'alpinisme, le tennis aussi. Depuis deux ans.

*

Le docteur Morier revint dans le hall. Il avait passé une blouse blanche. Il se faufila au sein d'une cohorte serrée d'étudiants et d'internes qui entouraient un petit homme sec, d'une soixantaine d'années : Planet, le patron du service. Tous écoutaient religieusement ses commentaires.

Planet pénétrait dans les chambres, l'une après l'autre, et se penchait sur des enfants corsetés dans d'épaisses gaines de cuir renforcées de baleines métalliques, des bébés aux cuisses écartées par des culottes d'abduction plâtrées, des adolescents aux membres amaigris et transpercés par des fixateurs. D'autres avaient le cou enserré dans des minerves de plastique transparent. Certains enfin gisaient au-dessous de potences de maintien, le crâne prisonnier d'arceaux serrés par des boulons. Planet passait. De temps à autre, il s'adressait au docteur Morier et lui demandait son avis d'une voix empreinte de sollicitude comme s'il avait voulu démontrer à tout le personnel de l'Institut qu'il le soutenait...

La visite s'étira en longueur, les étudiants s'impatientèrent. Ils durent poursuivre leur procession servile au pavillon A, où le patron effectuait sa visite dans les chambres, lui aussi, mais une heure plus tard, vers 10 heures et demie.

Le pavillon A était beaucoup plus animé. On s'y serait cru dans la Cour des Miracles. Les enfants se promenaient librement dans les couloirs égayés d'affiches d'agences de voyage. Ils offraient le spectacle de leurs moignons difformes, de leurs amputations monstrueuses, avec, au fond des yeux, une lueur d'étonnement devant ces adultes à deux bras, deux jambes, qui mangeaient avec une fourchette et nouaient leurs chaussures, sans que, pour autant, ces gestes quotidiens ne représentent des prouesses de patience et des heures d'apprentissage acharné. Des prothèses de toutes sortes traînaient un peu partout, mêlées aux béquilles et aux cannes. Des accessoires de kinésithérapie encombraient les allées.

Cynthia

J'ai loupé l'ordure! J'avais gardé mon carré de chocolat dans la bouche pendant une demi-heure, pour que ce soit plus sale, et j'ai à peine réussi à lui faire une petite tache sur son costume! Va falloir que je trouve Marie-Line. J'espère qu'elle aura le temps de m'habiller. J'aime pas rester la journée entière en pyjama. Avant, quand Marie-Line était pas là, la grosse Olga me laissait souvent toute la journée en chemise de nuit. Ça change pas beaucoup de choses, mais j'aime pas, c'est tout.

Au début, on me mettait les robes que ma sale conne de mère apportait. Mais je les ai toutes bousillées à force de baver et de rebaver dessus, tout le temps. Je les inondais de bouillie. Comme j'arrive pas à mâcher, Marie-Line passe tout à la moulinette, la viande, les légumes, les fruits, et elle me les enfourne dans la bouche avec une grosse cuiller. Olga, elle mettait tout ensemble au hachoir, elle versait dans un bol, elle saupoudrait avec mon Valium et hop, elle me faisait tout bouffer d'un bloc. Et ça devait pas traîner! Marie-Line, elle sépare, elle mélangera jamais la viande et le yaourt. De toute façon, je m'en fous. J'en ai rien à foutre, de bouffer, du goût des choses.

Voilà Marie-Line qui m'appelle. Elle m'appelle toujours par mon prénom. C'est la seule, avec la surveillante. De toute façon, je réponds pas. C'est pas pour les emmerder, mais je veux pas qu'on sache. Marie-Line finit par se déplacer, comme d'habitude.

Elle tient un de mes survêtements à la main. J'en ai trois, des survêt'. Un vert, Adidas, un rouge La Hutte, et un bleu Lacoste. Elle les lave à tour de rôle, parce que j'en salis bien un tous les jours. J'aime mieux les survêt' que les robes. Avec les contractions dans mon bras droit, je me chiffonnais toujours, je remontais la robe et on voyait ma culotte, les poils, j'aimais pas. Une fois, le débile Marcel, celui de la chambre 9, m'a touchée. Il m'a tripotée avec ses gros doigts sales, entre les jambes et sous la culotte, aussi. J'ai crié et Marie-Line est venue. Elle a collé une baffe à Marcel. Ils ont écrit à ma sale conne de mère pour lui dire de m'apporter des survêt'. Comme ça, je peux chiffonner et salir comme je veux, et personne ne voit ma culotte. C'est mieux.

Il est terrible, mon bras droit, avec ses contractions. C'est des mouvements que je peux pas arrêter; ça part du coude, ça tremble fort dans ma main, j'ai les doigts qui se crispent. Au moins, ça me fait pas mal, mais c'est désagréable. Mon bras droit, ça les a bien emmerdés, les marchands de fauteuils électriques! Il a fallu faire un modèle exprès pour moi, avec la manette à gauche et tout.

Me voilà dans mon fauteuil, maintenant. Marie-Line m'a mis le survêt' Lacoste, j'aime bien le bleu, ça fait gai. Je suis débarbouillée, peignée, propre comme un sou neuf. Marie-Line me noue un bavoir de bébé autour du cou. J'aime bien. Le tissu éponge ne tient pas longtemps, peut-être une demi-heure, mais pendant ce temps-là, j'ai la poitrine sèche, sur les seins, c'est sec, c'est agréable. Le pire de tout, c'est que je bave. J'arrête pas de baver. J'ai toujours la bouche ouverte, et ça coule, des litres entiers, c'est incroyable. Mais c'est logique, ça fait partie de mon truc, c'est comme mon bras droit et le reste.

Dans le couloir du C, c'est le grand cirque. Les gamins, qui courent partout, et les parents qui viennent les chercher... Les gosses, ils sont là toute l'année, comme moi, en internat. Jusqu'à seize ans. Après, il faut aller ailleurs. Moi, j'ai presque seize ans, dans six mois, je les aurai. Ils vont me dégager de l'Institut. M'envoyer chez les dingues ou chez les vieux. Il faut que je trouve une solution avant, pour l'ordure.

À Noël ou maintenant, aux grandes vacances, les parents les prennent, s'ils veulent, c'est pas obligatoire. Il y a juste quelques cloches qui vont passer l'été avec moi ici. On sera tranquilles, ce sera bien. On aura la paix, ça va être super. Je sais pas si l'ordure va partir en vacances. J'espère que non. En avril, il est parti une semaine, il est revenu tout bronzé.

Les gosses seront plus là. Hier, c'était la dernière journée d'école. Les gosses, c'est des Infirmes Moteurs Cérébraux. Leur truc, ça leur est arrivé à la naissance. Le cerveau qui manque d'oxygène, crac, « anoxie », ils disent, les médecins. Après, tout est bancal : les muscles qui se crispent ou qui tremblotent, comme mon bras droit. Moi, j'ai que le bras droit qui tremblote, tout le reste est crispé. Sauf le cou, il pend sur le côté, mon cou, il tombe. Les petits sont mignons, mais en grandissant ils deviennent laids, comme moi. Avec les muscles du visage qui se contractent sans arrêt, on a tout le temps l'impression qu'ils font des grimaces. Il y en a qui parlent, d'autres non. Moi, je parle pas. Il y en a qui sont débiles, d'autres pas.

Comme ils tombent souvent, on leur met des petits casques de cycliste pour leur protéger la tête. Ils sont mignons. Mais je les aime pas. Ils font trop de bruit. La journée ils vont à l'école. C'est pas une vraie école, c'est dans l'Institut, deux ou trois pièces. Et puis on les soigne, en plus de l'école. Il y a un médecin, une femme neurologue pour les nerfs. Elle est sourde comme un pot. Elle a un appareil pour sourd, caché dans les branches de ses lunettes. Des fois elle dit : « Parlez donc plus fort, je n'ai pas mes lunettes », et tout le monde rigole. Et puis il y a les kinésis, et l'orthophoniste, pour apprendre à parler et tout. Moi, je vais nulle part. De temps en temps, ils me mettent dans la piscine avec plein de bouées, et une fois par semaine on me fait un massage pour mon cou. Au début, la doctoresse me faisait de l'électricité dans mon bras, avec un gros appareil et des tas de cadrans : ça me chatouillait le bras, mais ça empêchait pas les tremblements, alors, depuis un an, elle me fait plus rien. Si, sauf quand il y a des étudiants qui viennent, alors là j'y ai droit. Elle m'allonge sur une table, toute nue, et elle me remue dans tous les sens, pour bien leur montrer ce qu'ils doivent savoir pour leurs études. Depuis que c'est moi la vedette, j'ai appris des tas de mots médicaux. Je pré-

sente un tableau d'athétose et de spasticité mêlées. C'est comme ça qu'il faut dire !

Je vais pas non plus à l'école, vu mon état. Et puis, ça me servirait à rien. Ils pourraient pas m'apprendre plus qu'au collège, hein. Il y a un collège, à Attencourt, chez ma mère et son salaud. Mon père, il est mort quand j'avais deux ans, je peux pas me souvenir. Le salaud est venu vivre avec ma mère quand j'avais quatre ans.

Je vais rester ici toute seule jusqu'en septembre. Enfin, pas toute seule, mais presque. Il y aura Marcel, le débile qui m'a touchée sous ma culotte, et certainement Marlène, je la vois qui pleure dans son coin. Ses parents sont en train de l'abandonner, petit à petit. Ils voient bien qu'elle fait pas de progrès, pas comme ils auraient voulu, pas comme ils croyaient, ces cons-là. Marlène, la pauvre, elle est pas arrivée en retard le jour de la distribution ! Elle a des grosses chaussures orthopédiques, un corset et elle bave, comme moi, mais moins, quand même ! C'est parce qu'elle est née avec le cordon autour du cou pendant l'accouchement, alors ça l'a étranglée. C'est son cerveau qu'en a pris un coup, comme le mien. Elle a à peu près mon âge. Mais je lui parle pas, évidemment.

On va être bien, il fera beau ; surtout, il faudrait pas que l'ordure s'en aille. L'an dernier, j'étais pas là au début juillet. Ma sale conne de mère était venue me chercher pour que je passe l'été à Attencourt. J'y étais pas allée depuis un an. J'ai vu ce qu'ils avaient fait, elle et son salaud, alors j'ai tout fait pour rentrer à l'Institut. Je leur ai pas mal cassé la baraque, à Atten-

court! Ils m'ont ramenée ici au bout d'une semaine, avec une ambulance et tout. Mais j'avais eu le temps de bien leur casser la baraque, pendant le banquet. Je pouvais pas rire, sur le moment, ça aurait paru louche. Mais après, quand ils m'ont bouclée dans ma chambre, je me suis étranglée de rire toute la nuit. Je me marre encore, quand j'y pense. Sur le coup, je pouvais pas, vu mon état, mais là, rien que d'y penser, je sens venir la rigolade.

Mais ça m'a pas suffi. Il faut continuer. J'ai le temps pour continuer. C'est pas facile. Il faut que je trouve un truc. Pour l'ordure. Après, je verrai pour le salaud...

II

Dans son fauteuil électrique, Cynthia sortit du bâtiment de l'Institut. Elle se promena dans les allées de gravillon qui nervuraient le parc de l'hôpital. Il était interdit aux enfants de dépasser les locaux de la pharmacie et de se rendre dans le grand parc, celui qui entourait le bâtiment principal. Cynthia ignorait cette interdiction et faisait souvent le tour, jusqu'à la fontaine qui se trouvait près des grilles d'entrée. Elle s'arrêta au bord du bassin et observa les carpes qui tournaient en rond, sous les nénuphars.

Sa distraction favorite était d'aller voir travailler Jeannot, le jardinier. Elle aimait ses gestes précis, sa lenteur et son application. Elle l'observa tailler un rosier, désherber un carré de tulipes, repiquer avec soin les graines qu'il sortait de petits sachets de papier, dont il laissait un échantillon sur chaque massif de fleurs, pour se souvenir de la date de plantation. Elle adorait humer l'air empli de cette senteur de gazon fraîchement coupé, quand il passait la tondeuse. Jeannot ne lui parlait pas. De temps à autre il lui donnait un bonbon qu'il lui mettait directement dans la bouche, ou lui tapotait affectueusement la joue.

Cynthia ne prêta aucune attention au jeune homme blond qui venait de passer près d'eux ; il se dirigeait à présent vers les bureaux administratifs. Le jeune homme marchait d'un pas souple. Il portait un jean et des mocassins de cuir, une chemise de toile bleue, un petit sac de cuir pendait sur son épaule. Sa lèvre supérieure était duvetée de blond, d'un blond un peu plus foncé que ses cheveux. Il avait le visage très fin, presque enfantin. Pour l'instant, ses yeux étaient dissimulés par le verre opaque de lunettes de soleil, mais, quelques instants plus tard, lorsqu'il pénétra dans le bureau décrépit du service du personnel, il ôta ses lunettes, et l'employé qui le reçut s'étonna de son regard étrange, d'une grande dureté, en opposition avec la douceur de ses traits. Ses yeux étaient d'une teinte légèrement différente à droite et à gauche. D'un vert très pur.

Le jeune homme présenta ses papiers d'identité. Il s'appelait Alain Fornat. Il remplit un formulaire puis le rendit à l'employé, après l'avoir signé. L'employé hocha la tête, s'assura une dernière fois que tout était en règle, contourna le bureau et sortit dans le parc en entraînant Alain à sa suite. Il le conduisit à la buanderie, lui remit une blouse en lui expliquant que l'on était mardi, mardi 3 juillet, et que la blouse devrait lui « faire » jusqu'au 10. Une semaine.

L'employé quitta la buanderie après qu'Alain eut endossé le vêtement.

— Voilà, dit-il en ricanant, ça y est, maintenant, vous portez l'uniforme, c'est l'habit qui fait le moine !

Ils marchèrent jusqu'à l'entrée de l'Institut. L'employé demanda à Alain s'il avait déjà travaillé avec des enfants handicapés. Alain répondit par la négative. L'employé pensait qu'il fallait avoir la vocation, que c'était plus qu'un métier, un sacerdoce. Il admirait les gens qui pouvaient faire ça ; lui ne le pourrait pas.

Il montra à Alain la plaque d'inauguration de l'Institut. R.T.L. Opération Espoir. 1961. Alain réprima un haut-le-cœur devant un gamin amputé des deux bras qui venait de surgir d'un coin du couloir. Puis il se força à sourire. Le gosse avait un visage angélique auquel il était impossible de résister. L'employé expliqua à Alain qu'ici c'était le A, mais qu'il était affecté au C.

— C'est le pavillon A ou le pavillon C, mais nous, ici, on dit le A ou le C, en raccourci, comme ça, ça va plus vite ! précisa-t-il.

Ils passèrent tous les deux devant la piscine de l'Institut, un petit bassin de dix mètres sur dix qui servait à la balnéothérapie. Arrivé devant le bureau de la surveillante du C, l'employé laissa Alain seul, avec son formulaire de recrutement à la main. Alain frappa à la porte puis pénétra dans le bureau. La surveillante du service était une petite femme menue, très coquette. Alain se dit qu'elle avait dû être jolie. Elle fronça les sourcils et s'empara du papier que lui tendait Alain.

— Ah ! c'est vous l'étudiant, dit-elle, on m'a prévenue, vous restez juillet-août, ou seulement juillet ?

Alain répondit qu'il ne savait pas encore, que ça dépendrait. La surveillante consulta un panneau de métal incrusté de fiches multicolores où figuraient les noms des infirmiers et des aides-soignants, répartis suivant les différents services.

— Mais il y a une erreur ! s'écria-t-elle, on n'a pas besoin de vous le jour, vous êtes prévu pour la garde de nuit !

Alain écarta les bras pour signifier son ignorance. La surveillante sortit dans le couloir. Elle revint quelques minutes plus tard. Elle ne s'était pas trompée, Alain Fornat remplaçait bien Marie-Line, l'aide-soignante de nuit, qui partait aujourd'hui même en vacances.

— Il faut revenir ce soir, dit-elle. Vous travaillerez de 23 heures à 8 heures !

Alain acquiesça et s'en alla après que la surveillante eut téléphoné à l'administration pour régulariser la situation. Il avait quitté sa blouse et l'avait rangée dans un placard, dans le couloir du pavillon.

*

Cynthia était toujours au côté de Jeannot, le jardinier. Marie-Line les croisa en remontant à grandes enjambées l'allée de gravier qui menait à la sortie. Elle chantonnait. Jeannot l'interpella ; une brève conversation, futile mais chaleureuse, s'engagea. Marie-Line passa la main dans les cheveux de Cynthia, les ébouriffa avec ce geste qu'elle avait souvent, et dans lequel affleurait une tendresse gauche, indécise malgré sa sincérité.

Marie-Line ne parla qu'avec Jeannot, bien entendu. Jeannot lui dit qu'elle avait de la chance de partir en vacances maintenant, lui, c'était pour septembre. Oui, comme tous les ans il allait dans les Vosges. Elle, il lui fallait la mer, à tout prix. Ce serait Lacanau-Océan, comme l'année passée. Elle avait de la famille, là-bas.

Cynthia fit pivoter son fauteuil, dépitée par ce qu'elle venait d'entendre. C'eût été beaucoup dire que le départ de Marie-Line la chagrinait. Il l'irritait. Comme tous les changements, toutes les modifications de la routine quotidienne. Tout ce qui pouvait l'éloigner de celui que, dans sa tête, elle appelait « l'ordure ». Pour l'instant, il était là, à proximité, dans son bureau de l'Institut. Elle ne tenait pas à ce qu'on l'éloigne de lui.

Cynthia contourna la fontaine, suivit le bâtiment principal pour revenir à l'Institut, mais dédaigna la grande entrée, celle que le docteur Morier avait empruntée tout à l'heure. Elle se glissa silencieusement derrière les arbustes fleuris qui bordaient la façade arrière du bâtiment et longea à tour de rôle, de l'extérieur, les pavillons A, B, C.

Tout au bout, il y avait les poubelles, adossées à un mur de parpaings nu, déposées sur des palettes qu'un petit fenwick venait chercher tous les matins. Une porte donnait accès à une courette délimitée par la clôture d'enceinte qui faisait le tour complet des bâtiments de l'hôpital. C'est ici que se dressait l'appentis dans lequel Jeannot rangeait son matériel. Devant l'entrée, deux vieilles carcasses d'ambulances, des DS 19, dont personne ne savait plus comment elles étaient arrivées là, achevaient de pourrir, rouillées.

Cynthia inspecta l'intérieur de l'appentis à travers les vitres poussiéreuses. Les outils étaient alignés en ordre impeccable, accrochés à des clous, à côté de sacs de graines, de bidons de désherbant, de râteaux, de pelles. Cynthia observait, très concentrée. Elle se dit que là, ce serait bien. Là, il y avait tout ce qu'il fallait. Elle ne savait pas comment.

« Je ne sais pas encore comment », songea-t-elle avec amertume.

Elle savait où. Et bien sûr pourquoi. Mais comment, non. Comment, c'était le gros problème, évidemment.

Alain

Je ne sais pas si je pourrai tenir le coup... ils ont l'air gratinés, ces gosses! L'abruti de l'administration disait que c'était un sacerdoce, le dévouement, tout le tralala, qu'il ne pourrait pas, lui... Il m'a montré la plaque, R.T.L., Opération Espoir, le nom du ministre...

De toute façon, il faut que je bosse, je suis coincé. Ce n'est pas cher payé, le SMIC plus une prime de deux cents francs si j'ai bien compris. Les autres années, je vais plutôt à la banque, une agence de la Société générale, juste en bas de chez moi, mais là, en juin, avec tous mes examens, je n'ai pas eu le temps de m'en occuper.

C'est Isabelle, une amie de ma mère, qui m'a conseillé d'aller voir à l'Institut. Tous les ans, ils embauchent des étudiants pour les gardes de nuit. Juillet et août. Le mari d'Isabelle travaille là-bas, comme médecin, au pavillon B. C'est son mari, mais ils ne vivent plus ensemble. Elle veut divorcer, Isabelle. Il s'appelle Morier. Philippe Morier. Et elle, encore pour le moment, Isabelle Morier.

Lui, je ne l'ai vu qu'une fois : au mariage de ma sœur. Mes parents avaient vu très grand, très classe : ça s'est passé au plateau de Gravelle, dans le bois de Vincennes. Serveurs en smoking blanc, orchestre. Et à la fin du bal – très tard dans la nuit ou plutôt très tôt le matin – le scandale a éclaté. Dans un coin de la salle, derrière les gerbes de fleurs, Morier a commencé à cogner sur Isabelle. Une cascade de gifles, froidement appliquées. Mon père est intervenu pour le calmer, avec deux autres invités. Morier avait pas mal bu, mais il restait tout à fait maître de lui. Il ne cognait pas parce qu'il ne savait plus ce qu'il faisait. Bien au contraire. L'alcool lui avait permis de libérer son agressivité.

Isabelle, je me souviens très bien, avait flirté toute la soirée avec un type insignifiant, mais quand Morier l'a giflée, ce n'était pas en rapport avec la jalousie, du moins je ne crois pas. Il n'a pas desserré les dents, n'a pas eu un regard pour son rival. C'était il y a deux ans. Je me la ferais bien, Isabelle. Elle doit avoir la quarantaine, mais honnêtement, si je pouvais me la faire, je me la ferais bien.

L'hôpital est lui aussi tout près du bois de Vincennes. À Saint-Maurice. D'après ce que m'a dit la surveillante, je ne risque pas de me tuer à la tâche. Dans le pavillon, il n'y aura que trois gosses. J'en ai vu deux : Marcel, un gamin de quatorze ans, débile à n'en plus finir, et Marlène, une gamine d'une quinzaine d'années, très atteinte. Elle porte un corset et de grosses chaussures orthopédiques. Plus une autre gamine, Cynthia, que je n'ai pas vue, mais il paraît qu'elle ne pose aucun problème. Je n'aurai qu'à passer la nuit là-bas, à vérifier qu'ils n'ont besoin de rien, et, au moindre ennui, téléphoner au pavillon A, où il y aura une infirmière. Tranquille, finalement. Un vrai petit boulot de vigile, peinard!

On ne peut pas dire que ça me réjouisse de travailler durant les vacances. C'est une idée de mon père. Mon père est un parvenu. Il possède une petite entreprise de matériel pour bureau, qui marche très fort. Il se complaît à répéter qu'il est dans la « bureautique ». Il vend des machines à écrire, des classeurs, du papier; ses stocks me donnent le vertige. Il est entré dans cette boîte comme simple réparateur, voilà trente ans. Aujourd'hui, c'est lui le patron.

Il s'imagine avoir des idées sur l'éducation des jeunes gens... Il m'oblige à travailler un mois par an. Je suis étudiant en lettres, en année de licence. J'ai pas mal traîné. Autant dire que je n'ai aucune qualification pour travailler à l'Institut. La surveillante m'a dit que les gosses ne dépasseraient pas la dizaine, au total. L'écrasante majorité part en vacances. En colonie ou chez les parents. Je pourrai réviser mes examens de septembre. Je me suis fait étendre à cinq U.V. au mois de juin.

La surveillante n'est pas mal, je me la ferais bien. Elle doit avoir la quarantaine, mais honnêtement, si je pouvais me la faire, je me la ferais bien. Mais, la nuit, elle ne sera pas là. Ni le jour d'ailleurs, elle part en vacances demain. Je pourrais peut-être m'envoyer l'infirmière de garde ? La nuit, ça doit être possible. Il faut que j'y retourne ce soir. Ils ont fait une erreur, à l'administration. La surveillante leur a téléphoné pour les prévenir. J'ai laissé ma blouse là-bas. C'est bizarre, une blouse blanche. Je vais bosser de 11 heures à 8 heures. En fait, ça totalise neuf heures de présence, mais ils comptent une heure de coupure, comme pour ceux qui sont là de jour : la coupure du repas.

*

La surveillante sortit de son bureau. Elle cherchait Cynthia. Le combiné du téléphone était resté posé sur la plaque de verre qui recouvrait le bureau. Sous la plaque, la surveillante avait glissé les cartes postales que les infirmiers ou les aides-soignants envoyaient à leurs collègues durant les congés. Il y avait là des images de montagnes, d'eau bleue, de neige étincelante, de campagne d'une tranquillité idyllique. Sans compter les cartes d'un humour graveleux, d'inspiration érotique.

La surveillante sortit par la porte de derrière et appela Jeannot, qui était occupé à ranger sa tondeuse dans l'appentis. Elle força la voix pour demander si Cynthia était là. Elle vint la chercher. Elle expliqua à Jeannot que la mère de Cynthia était au téléphone et qu'elle voulait dire quelques mots à sa fille.

— C'est les vacances, aujourd'hui et évidemment, ils viennent pas la chercher ! Elle va passer tout l'été à l'Institut… soupira-t-elle.

— Pauvre gosse, compatit Jeannot en haussant les épaules. C'est triste, mais je leur jette pas la pierre, on peut pas juger tant qu'on n'a pas vécu ça.

La surveillante l'approuva d'un hochement de tête et poussa le fauteuil de Cynthia. De retour dans son bureau, elle saisit le combiné.

— Vous êtes toujours là, madame Sartan ? s'écria-t-elle. Je vous passe votre fille.

Elle posa l'écouteur sur l'oreille de Cynthia, en lui redressant la tête. Elle la tint sous le menton sans se préoccuper des filets de salive qui lui dégoulinaient sur la main. Elle enclencha la touche de l'amplificateur pour écouter la conversation.

— Allô ! Cynthia, tu es là ? demanda Mme Sartan.

Suivit une phrase embrouillée, presque inaudible. Oui, elle, elle allait bien… Elle avait beaucoup de travail, avec le restaurant… Aujourd'hui, il pleuvait sur Attencourt. La surveillante entendit les sanglots. Elle jugea qu'il n'était pas nécessaire de poursuivre cette conversation à sens unique.

— C'est gentil d'avoir appelé, dit-elle. Visiblement, Cynthia est contente d'avoir entendu sa maman.

Il y avait une autre voix, masculine, là-bas à Attencourt. La surveillante rassura celui que Cynthia, dans sa tête, appelait le salaud. Son beau-père.

— Tout va bien, assura-t-elle. Vous pouvez rassurer

votre femme, monsieur Grésard. Cynthia va très bien, ne vous inquiétez pas !

Puis elle raccrocha.

Cynthia

Ma sale conne de mère a téléphoné. Il y avait son salaud au bout du fil, la surveillante y a causé, j'ai entendu. La dernière fois qu'elle avait téléphoné, j'avais crié, mais là, j'ai rien fait, rien du tout, je les ai laissés dans leur merde. J'ai juste écouté, et au bout d'un moment, la surveillante a repris l'appareil pour arrêter les conneries. Parce que, tout ça, c'est des conneries. S'ils me prennent pas pour les vacances, c'est à cause de ce que j'ai fait quand je leur ai cassé la baraque, l'an dernier. Quand j'y pense, je me marre encore. Mais sur le moment j'ai pas ri : ça aurait paru louche, forcément.

Je leur ai bien cassé la baraque, avec leur saloperie d'auberge ! Pour me venger. J'ai pu me venger, un peu, mais pas beaucoup. Mais c'est déjà mieux que rien, vu mon état.

C'était le 14 juillet. C'était la fête, à Attencourt. Le maire avait demandé au salaud s'il pouvait faire le banquet de la Chambre des Métiers dans le restaurant. Le salaud, il en revenait pas ! La Chambre des Métiers, je sais pas trop ce que c'est, mais c'est du beau linge ! Avant, leur restaurant, à ma sale conne de mère et à son salaud, c'était juste un petit routier, à la sortie du village, mais maintenant, c'est vachement mieux. Ils ont reconstruit une grande salle, avec des grandes vitres, des belles tables, des têtes de sangliers accrochées au mur, une cheminée, tout du luxe. La salle du routier d'avant, ça sert de cuisine, maintenant. Et il y a deux employées qui aident ma sale conne de mère. Le salaud, il fait la cuisine, avec un vrai cuisinier. C'est bon, on ne peut pas dire, c'est bon. Ma sale conne de mère m'a fait goûter, du chevreuil, elle l'avait haché, forcément, vu mon état. C'est pas mauvais, mais ça a un goût trop fort.

Le soir du 14 juillet, l'an dernier, ils avaient installé une grande tablée, en U. Y avait plein de monde, et rien que des gens bien. Les gens de la Chambre des Métiers, le maire d'Attencourt, le patron de l'usine de robinetterie, et même un député d'Amiens. Et plein de femmes avec des belles robes.

Pour la soirée, le salaud avait embauché quatre personnes, en extra, des serveurs vachement stylés, en costume blanc, on voyait bien qu'ils avaient l'habitude. C'était luxe et tout. Ils avaient préparé plein de plats. Au-dehors, on entendait les bruits du bal de la mairie, avec les péquenots qui devaient être saouls comme des cochons. C'est toujours comme ça, le 14 juillet, à Attencourt. On entendait un peu les pétards, mais c'était pas gênant.

C'est dingue le nombre de plats qu'ils ont servis ! Des pâtés en croûte, des poissons, de la viande, et des bouteilles de vin dans de beaux seaux avec de la glace et tout. Il fallait voir la tête du salaud, avec sa toque de cuisinier sur la tête, vachement fier de lui !

J'ai attendu que ça soit bien entamé, la petite fiesta, pour leur casser la baraque. J'ai fait ça quand ma sale conne de mère était en train d'aider son salaud à préparer une viande, en cuisine.

J'avais mes règles, ça tombait bien! Coup de bol! Ma sale conne de mère m'avait mis une petite robe d'été, il faisait vachement chaud. Elle m'avait installée dans ma chambre, au rez-de-chaussée, pour pas que je gêne, mais ça donnait direct sur le couloir qui mène à la grande salle.

J'ai foncé dans le U de la table, mais sans rien renverser, juste au milieu du U, quoi. Je m'étais barbouillée partout de merde, plein ma robe, plein mon fauteuil, plus le sang de mes règles, avec la serviette toute dégueulasse que j'avais enlevée toute seule.

Et, au milieu du U, je me suis laissée glisser par terre, en poussant fort sur mes jambes et sur mon dos, et par terre, encore, j'ai pissé partout sur moi en me barbouillant encore plus avec la merde et le sang.

De par terre, je pouvais pas bien voir leur tête, au député, au maire, au patron de l'usine mais ça faisait rien, parce que le meilleur, c'était la gueule du salaud! Il m'a traînée jusque dans le couloir, en me tirant par une jambe, pendant que ma sale conne de mère nettoyait la merde, la pisse et le sang avec une serpillière. Elle avait mis trop d'eau et elle en a foutu encore plus partout, une grande flaque.

Des dames d'invités sont allées vomir et plus de la moitié des gens ont dégagé tout de suite! J'étais contente, je leur avais bien cassé la baraque. Plus tard, dans la nuit, ma sale conne de mère est venue me chercher dans le couloir, quand tout était fini, pour me laver. Le salaud était là aussi, il m'a battue avec sa ceinture en me donnant des coups de pied, et ma mère essayait de l'arrêter en disant que c'était pas ma faute, vu mon état. Moi, je hurlais, il me faisait mal, en cognant. Il disait que c'était quand même louche. Quand les marques de ceinture sont parties, quelques jours après, ils ont été chercher une ambulance pour me ramener à l'Institut. Depuis ils sont jamais revenus. Ah si! Ma sale conne de mère, en avril, a apporté les survêt', parce que Marcel m'avait tripotée sous ma culotte.

*

Le docteur Morier quitta l'Institut tôt dans l'après-midi. Il passa d'abord à la radiologie, pour demander qu'on lui tire un double des clichés de la dysplasie coxo-fémorale dont Planet lui avait parlé le matin même. Il comptait faire une rapide digression sur ce cas, lors de sa conférence pour le congrès de pédiatrie de Zurich.

Puis il sortit de l'hôpital en voiture et passa chez lui pour changer de costume, à cause de la tache de salive et de chocolat sur sa veste. Une tache minuscule, près de la poche droite, presque un rien. Malgré tout, il se changea.

Il vivait tout près de l'hôpital, à Saint-Maurice. Il n'aimait pas cette ville, mais la proximité de son domicile lui permettait de travailler tard le soir, dans son bureau de l'Institut, sans pour autant s'imposer de longs trajets. Auparavant il habitait Paris, rue de Grenelle, avec Isabelle et leurs deux enfants, Laure et

Ludovic. Laure avait neuf ans, Ludovic, sept. Isabelle avait conservé l'appartement de la rue de Grenelle, depuis leur séparation, qui datait de deux ans.

Morier avait loué un appartement dans une résidence coquette, face au bois de Vincennes. Il avait converti une pièce en bibliothèque, la remplissant de classeurs et d'étagères, acheté quelques meubles, une ou deux lithographies. L'assistante sociale du pavillon B, avec qui il avait couché quelques fois, lui avait dit que c'était très bien arrangé, qu'il avait un « goût exquis ».

En sortant de chez lui, il fila en voiture rue de l'École-de-Médecine, à Paris. À 15 heures, il avait rendez-vous avec le chef de fabrication des Éditions Maçon et Cie, un gros homme huileux, à la limite de l'obésité.

Morier le haïssait, le méprisait. Peut-être était-ce réciproque ? Morier arriva à l'heure. Il était très ponctuel. Obsessionnellement ponctuel. Une secrétaire l'introduisit dans le bureau du chef de fabrication. Celui-ci sortit un carton d'un classeur mural et déballa sur le bureau le projet de maquette du livre du docteur Morier, traitant de la pathologie de la hanche chez l'enfant. Il montra l'agencement du texte et des photos, la mise en pages, les couleurs de la jaquette.

Puis il expliqua de sa voix grasseyante que certains clichés passaient mal à l'impression, qu'ils y perdaient en netteté, qu'il fallait modifier le choix des illustrations.

— Non, rétorqua Morier, ce n'est pas possible de revoir la distribution des illustrations. Elles ont été choisies parmi des centaines d'autres pour soutenir le propos de la façon la plus claire et la plus pédagogique qui soit. C'est un livre destiné à des étudiants.

Le chef de fabrication expliqua alors que dans ce cas, il fallait prendre un autre papier plus coûteux. Il ne savait pas si le directeur de la collection serait d'accord. Morier ne céda pas. Il était las de toutes ces palabres. Il tenait par-dessus tout à cet ouvrage. Il espérait que sa parution le remettrait sur les rails. La discussion s'éternisa, mais Morier ne céda pas. Il obtint satisfaction.

Il était 17 heures quand il remonta dans sa voiture pour aller chercher Laure et Ludovic chez Isabelle. D'abord, il les emmènerait voir le dernier Disney et ensuite ils iraient au restaurant. Il ne reverrait plus ses enfants avant septembre, puisqu'ils partaient en vacances à Deauville avec leur mère dans la villa achetée un an avant leur séparation.

Alain

Avant d'aller travailler à l'Institut, ce soir, je soupe chez mes parents. Pas avec mes parents, puisqu'il n'y a que ma mère. Mon père est sorti pour je ne sais quel repas d'affaires. Ma mère ne se fait plus d'illusions sur les repas d'affaires. Il va baiser les putes.

Isabelle est venue dîner, elle aussi. Elle est libre. C'est-à-dire qu'elle n'a pas ses enfants, puisque son mari les a pris pour la soirée et les ramènera plus tard. Nous habitons le même immeuble qu'Isabelle Morier et c'est ainsi que ma mère l'a connue. Quand mes parents ont emménagé rue de Grenelle, le docteur habitait là, avec sa femme et ses gosses. Ils se sont séparés une semaine après le mariage de ma sœur, la nuit où il l'a giflée à toute volée, dans la salle de bal.

Ma mère n'est pas d'origine modeste, comme mon père. Elle était agrégée de lettres, latin-français. J'ignore comment elle a fait pour se retrouver avec lui, mais c'est ainsi. Quand sa boîte de « bureautique », comme il dit, a commencé à décoller, c'est elle qui lui a constitué un réseau de relations assez appréciable. Elle ne travaille plus depuis longtemps. Elle décore l'appartement, elle court les expos, elle prend le thé, elle fait de la gymnastique, du yoga, de l'équitation. Elle ne sert à rien.

Isabelle est une de ses plus chères amies. Elles se voient plusieurs fois par semaine. Dans le salon, avant de souper, Isabelle m'a parlé, en décroisant et recroisant sans cesse les jambes, blottie au fond de sa chauffeuse. Elle est vraiment bien foutue. Elle me parlait de mes études en me donnant une vue plongeante sur sa culotte. Je crois qu'elle se fait mettre par le moniteur d'équitation, au club qu'elle fréquente avec ma mère. Si ça se trouve, je pourrais la baiser, elle doit bien baiser, à quarante ans, elle a dû se faire des tas de types. Elle doit aimer la queue. Ma mère babillait je ne sais quelle idiotie à propos d'un peintre qui l'avait déçue, et moi, je ne pouvais détacher mon regard de la bouche de cette suceuse d'Isabelle. Il faudra que j'essaie de me la faire. Je suis sûr qu'elle aimera ça, ma belle bite bien dure. Je lui collerai la main au cul et je l'enfilerai brutalement, en la retroussant, comme ça, entre deux portes.

Elle part en vacances à Deauville, avec ses deux enfants. Plus tard, en octobre ou en novembre, elle dit qu'elle laissera Laure et Ludovic à ma mère et qu'elle partira aux Antilles, avec le Club Med. Elle ne rentrera qu'en septembre. Deux mois d'absence. J'essaierai, plus tard. Je la coincerai et je lui mettrai ma queue, elle ne va pas être déçue!

Je suis arrivé un peu en avance, à l'Institut. À 10 heures et demie. J'ai vu les deux gosses que je connaissais déjà, Marcel et Marlène, qui dormaient. La troisième, celle qui est dans la chambre 12, dormait aussi. Elle s'appelle Cynthia Sartan. C'est écrit sur le cahier de garde. Si elle est agitée : un Valium. Les deux autres aussi. Je ne prendrai pas la responsabilité de le leur donner, j'appellerai l'infirmière. Je dois passer la nuit dans l'infirmerie du pavillon C. Il y a un bureau, une armoire pleine de médicaments, un évier, une petite télé portative.

C'est une vieille moche, qui est là avant 11 heures. Elle m'a montré le cahier, les médicaments des gosses... Comme ils dormaient, j'ai fait un tour dans l'Institut. Au pavillon B, c'est aussi un étudiant qui fait la nuit. Un matheux pas très sympa. Il a apporté ses bouquins et bosse pour un concours d'entrée dans une école d'ingénieurs. Il m'a fait comprendre à demi-mot qu'il ne souhaitait pas que je vienne lui casser les pieds. J'ai fait un tour au A, pour voir l'infirmière. C'est une rousse. J'aime bien les rousses. Elle a des gros nichons et un gros cul. Elle s'appelle Maria et elle a un accent toulousain. Il fait chaud et sous sa blouse, elle ne porte qu'une petite culotte et un soutien-gorge rose. La blouse se boutonne par-devant et elle laisse des boutons ouverts. Deux en haut et deux en bas. On voit un peu, c'est assez excitant. Elle m'a proposé du café, qu'elle a préparé sur une cafetière électrique. Elle m'a rassuré en me disant qu'il ne se passerait rien de grave avec les gosses et que je n'avais qu'à lui faire signe au moindre incident. Spontanément, nous nous sommes tutoyés.

Elle a l'air un peu gourde, mais j'aime bien son cul. Quand elle s'est penchée pour me servir le café, j'ai regardé dans l'échancrure de sa blouse. J'ai vu ses gros seins, veinés de bleu, délicats, paisibles. Je me suis mis à bander, à bander très fort. J'avais envie de la baiser, de lui enfoncer ma queue, bien profond, là, tout de suite, en la couchant sur la table, j'avais envie de faire sauter les boutons de sa blouse, de déchirer son slip. Il y a des salopes qui aiment se faire mettre à la va-vite, se faire trousser dans les coins, qui taillent des pipes dans les ascenseurs, des vraies salopes, comme Isabelle, par exemple, et d'autres, non, il leur faut de la douceur, des sourires, des murmures dans le cou. Des salades, ce qui compte, c'est le coup de queue ! Avec Maria, je sens qu'il va falloir de la patience, de la souplesse. Je vais revenir la voir souvent, je vais la draguer comme un collégien, faire le naïf, lui apporter des fleurs, elle aimera ça, j'en suis certain.

Elle m'a parlé des gosses, de Marcel, de Marlène, de Cynthia. Elle dit que ce sont de pauvres gosses, qu'elle aussi aimerait avoir des enfants, mais qu'à force de travailler ici, à l'Institut, elle aurait peur de faire un gosse anormal, un mouton à cinq pattes. Bien sûr, moi, je ne peux pas comprendre : je ne suis pas directement concerné, puisque célibataire. Et blablabla.... J'ai discuté un peu de mes études, elle s'est intéressée. Puis je suis reparti au C. Les gosses dormaient toujours. J'ai sommeillé jusqu'au matin en pensant au gros cul de l'infirmière et à la bouche de suceuse d'Isabelle.

III

Ce mercredi 4 juillet, il pleuvait sur Attencourt, un petit village de la Somme perdu dans la campagne, quelque part entre Abbeville et Amiens. Les rues étaient identiques, uniformes dans leur alignement rectiligne de petites maisons de brique rouge. Monotonie de façades d'où suintaient l'ennui et la fatigue.

C'était un village sans attrait particulier, avec sa mairie jouxtant l'école communale, un rien délabrée. L'église qui lui faisait face était, elle aussi, en piteux état. Un écriteau invitait les passants à éviter le chemin du presbytère, en raison des risques de chutes de tuiles. Sur la grand-place, la Ruche Picarde livrait une concurrence acharnée à la Coop. Le dimanche, sur le parvis de l'église, on jouait aux boules et, lorsqu'il pleuvait, le bar-tabac accueillait les amateurs de belote. Le curé se promenait encore en soutane.

À Attencourt, on travaillait soit comme ouvrier agricole dans une des deux grosses fermes, soit à l'usine de robinetterie. Le patron de l'usine logeait dans un château, un vrai, avec des tourelles et une pièce d'eau, entouré d'un parc. Le village paraissait d'ailleurs avoir été construit autour du château.

Quand on n'était pas content de son sort, à Attencourt, on se lançait dans l'entreprise artisanale, le polissage ou le trempage des pièces de robinetterie, en sous-traitance pour l'usine. Puis, quand on avait claqué ses économies dans les taxes et les traites des machines, on revendait le matériel et on retournait à l'usine, la tête basse.

À la sortie d'Attencourt, en allant sur Abbeville, à main droite, se trouvait l'auberge de *l'Épi d'Or,* une ancienne grange de dimension imposante, au toit de chaume, bordée par un verger. La façade crépie de blanc, les poutres entrecroisées évoquaient plaisamment les maisons à colombage du bocage normand. Le jardin, agrémenté de fontaines et de statuettes en ciment – des nymphes portant des vasques fleuries – venait hélas rompre le charme.

Dans la salle, le patron, Antoine Grésard, s'entretenait avec un jeune homme vêtu d'un costume de velours : Guillaume Favier, le directeur de l'agence locale du Crédit Picard. Grésard portait une grande blouse poissée de sang. C'était un homme de forte carrure, chauve, au ventre proéminent, au visage marqué par la couperose. Lorsque Favier était arrivé, Grésard était occupé à décharger des quartiers de viande et à les ranger dans la chambre froide.

Deux grands bols de café fumaient sur la table. Favier montrait des papiers en parlant avec animation. Ses mains agiles, fines, nerveuses, virevoltaient de la table au classeur qu'il tenait dans une mallette coincée entre ses genoux, entrouverte. Grésard, anxieux, troublé par tous ces chiffres, chaussa des lunettes et se pencha sur les papiers. Pour lire, il s'aidait du doigt, murmurant du bout des lèvres les mots inscrits sur les formulaires que lui tendait son interlocuteur. Puis il acquiesça en remuant lentement la tête. Il se pencha à nouveau sur les papiers, recommença sa lecture, laborieusement, acquiesça de nouveau, plus lentement, plus solennellement, cette fois. Favier rangea alors les feuilles volantes dans le classeur, referma la mallette et but une longue gorgée de café. Il se leva, se dirigea vers la sortie de l'auberge. Grésard le suivit. Ils se serrèrent la main sur le pas de la porte.

— Désolé, dit Favier, je n'aime pas annoncer ce genre de nouvelles, mais je ne pouvais plus reculer, vous comprenez, Grésard?

Il regagna sa voiture, une 4 L blanche qu'il extirpa nerveusement de l'allée qui menait de l'auberge à la nationale. Grésard se passa la main sur le visage et resta là, les yeux écarquillés, à fixer la nationale.

Morier

Il est 9 heures. Je ne serai pas à l'Institut à l'heure. Ce sera bien la première fois. En fait, je n'ai pas d'heure. Je ne sais pas pourquoi je me dis ça, c'est absurde, ça n'a pas de sens. Je suis de garde deux fois par semaine, la nuit, mais autrement je n'ai pas d'horaire fixe. Ma seule contrainte, c'est en fin de matinée d'assurer les consultations externes, qui durent une heure et demie, au maximum. Je me donne des manies, ce sont des sottises, des rites obsessionnels. Une illusion de discipline qui me canalise dans mes phases dépressives... Mon livre sortira en octobre. C'est parfait. Pour la rentrée universitaire il faudra que j'organise une petite publicité.

Hier soir, je me suis couché très tard, il était plus de 3 heures. J'ai passé la soirée avec Laure et Ludovic. Ils semblaient contents, moi aussi. Isabelle part ce matin avec eux. Nous avons eu une dispute, peu après mon retour rue de Grenelle avec les enfants. Une altercation d'une très grande violence. Isabelle m'a traité de paumé, de pauvre type, de loque, d'épave, des mots comme ça... Je l'ai giflée, je n'y tenais plus. Elle m'a accusé de lâcheté, cette fois, il n'y avait pas de témoins pour s'interposer entre nous! Des sottises! Elle veut divorcer. C'est sordide. Elle a tout, je lui ai tout laissé, l'appartement rue de Grenelle, la villa de Deauville, et elle continue de percevoir les dividendes de ses parts à la clinique. Je crois qu'elle a peur de mon livre, de ma conférence pour le congrès de Zurich. Elle pense que si tout fonctionne comme je le souhaite, je me sentirai plus à même de reprendre la vie commune. J'aurai amorcé un tournant. Et elle ne le veut pas, c'est pourquoi elle tient à divorcer.

Elle m'a affirmé qu'elle avait fait déposer des témoignages écrits chez son avocat. Des gens qui étaient présents, quand je l'ai frappée, au mariage de la petite Fornat. Elle me fait pitié, avec ses petites, ses toutes petites machinations.

*

À l'heure où, à Attencourt, Grésard, le beau-père de Cynthia, discutait avec Favier de ses ennuis financiers, Alain Fornat déambulait dans les couloirs déserts de l'Institut, les yeux bouffis de fatigue après sa première nuit de garde passée au pavillon C. Maria, l'infirmière, lui poposa de venir prendre le café. Il était près de 8 heures, et, sur la région parisienne, le ciel n'était pas gris, comme sur Attencourt. La journée s'annonçait très belle.

Maria, après le café, aida Alain pour le lever des trois derniers pensionnaires du pavillon C. Marcel, le débile de la chambre 9, ne requérait pas une attention particulière. Il avait quatorze ans, et souvent, dès le lever du jour, il s'habillait seul, sortait par la porte de derrière, celle qui donnait sur l'appentis du jardinier, et allait faire un tour dans le parc. D'ordinaire, il baissait son pantalon devant l'aile principale du grand bâtiment de l'hôpital, celle qui abritait les chambres des femmes, et là, devant les quarante fenêtres agrémentées de rideaux bleus, il se masturbait gaillardement. Il se dirigeait ensuite de son pas mal assuré vers les cuisines et se faisait offrir un bol de café bouillant par le chef cuistot. À cette heure-là, les croissants frais venaient d'être livrés; Marcel en avait la primeur. Marlène, la gamine qui occupait la chambre 6, se réveillait tôt, elle aussi. Mais il fallait la lever, lui faire sa toilette, lui passer son corset et nouer ses chaussures orthopédiques. Elle attendait alors le petit déjeuner, qui arrivait entre 8 heures et demie et 9 heures.

Maria entra doucement dans la chambre de Cynthia, avec Alain sur ses talons. Cynthia avait déjà ouvert les yeux. Alain compara la photo, sur la table de chevet, avec le visage qui dépassait des draps. Une gamine souriante, pleine de taches de rousseur, à la chevelure châtain clair, toute bouclée, un petit nez en trompette et une moue boudeuse. Cynthia n'avait pas beaucoup changé. Les cheveux étaient plus courts, les taches de rousseur s'étaient un peu estompées, l'air de la campagne lui manquait. Mais la moue boudeuse avait disparu. La mâchoire tombait en permanence ; les lèvres s'entrouvraient, laissant filer la salive mousseuse qui allait se perdre en longues dégoulinades gluantes dans le cou et sur la poitrine.

Maria retroussa la chemise de nuit sur les jambes et sur le tronc, et, tenant Cynthia derrière la nuque, elle fit passer le vêtement par-dessus la tête. Alain contempla silencieusement ce corps infirme, boudiné et raide, au bras droit agité d'un tremblement permanent.

Les seins étaient fermes, c'étaient des seins d'adolescente, à l'aréole fine et rose. La peau du ventre était plissée de graisse et les poils pubiens formaient une colonne drue, très dense. Les pieds étaient tournés vers l'intérieur, les chevilles avaient pris une position inhabituelle, inclinées sur la jambe, plaçant le pied en rectitude par rapport au tibia. Maria vêtit Cynthia d'un jogging Lacoste bleu, avec un tee-shirt de teinte assortie, et noua un bavoir d'une couleur criarde autour du cou de la gamine.

Il fallait à présent la hisser dans son fauteuil. Alain saisit les jambes, tandis que Maria passait ses bras derrière les épaules.

— Voilà, Alain, ce n'est pas plus compliqué que ça… murmura Maria, quand Cynthia fut installée.

Le jeune homme fut surpris par son regard vide, totalement absent ; elle n'avait même pas tressailli alors qu'on la manipulait vigoureusement. Du couloir parvinrent un rire idiot et sonore, ainsi que des grincements de roues mal huilées. C'était Marcel le débile qui poussait maladroitement une table à roulettes sur laquelle était disposé un petit déjeuner pour plusieurs personnes. Le chef cuistot employait souvent Marcel comme coursier bénévole.

Son petit déjeuner fini, Cynthia fila sous la plaque commémorative de l'inauguration du centre « R. T. L. Opération Espoir 1961. » Elle attendit 9 heures, puis 9 heures et demie, mais, ce matin-là, le docteur Morier ne se présenta pas…

*

Il était presque 10 heures. À Orly, Isabelle attendait un vol d'Air Inter. C'était absurde d'aller à Deauville en avion, il n'y avait que trois heures de route, mais elle avait promis aux enfants qu'ils feraient leur baptême de l'air à l'occasion des vacances. L'appareil était minuscule et ne pouvait transporter qu'un nombre restreint de passagers. Il ne s'agissait pas d'un vol régulier. Isabelle voyagerait en compagnie des membres du conseil d'administration d'une société dont elle avait oublié le nom, et qui se rendaient en groupe près de Deauville pour visiter les installations d'une station d'épuration d'eaux usées. Les enfants étaient ravis, ils couraient dans tous les sens, laissant exploser leur joie. Soudain, la voix monocorde du haut-parleur annonça à la passagère du vol 2435, Mme Morier, qu'elle était demandée au guichet 7. Mme Fornat, la mère d'Alain, qui avait accompagné son amie, se proposa de garder Laure et Ludovic pendant qu'Isabelle irait voir de quoi il retournait.

Au guichet 7, l'hôtesse tendit un combiné téléphonique à Isabelle. Son interlocuteur lui susurra qu'elle allait lui manquer. Elle ne devrait pas partir. D'un ton irrité, mais à voix basse, Isabelle répliqua qu'elle n'avait pas de temps à perdre, elle était surprise qu'il se livre à de telles gamineries.

— Oui, bien sûr, admit la voix, à l'autre bout du fil, mais tu sais, j'ai besoin de ton corps, je voudrais te tenir dans mes bras, tout de suite, te faire l'amour, ne pars pas, reste auprès de moi.

Isabelle haussa les épaules, ignora le regard amusé de l'hôtesse et reposa le combiné sur son support. De retour auprès des enfants, elle rassura Mme Fornat. Ce n'était qu'une erreur dans les billets, rien de grave. Quelques instants plus tard, un steward d'Air Inter vint la chercher pour la conduire sur la piste d'envol. Les autres passagers attendaient dans une estafette qu'on les conduisît à bord de l'avion. Isabelle embrassa Mme Fornat, prit les enfants par la main et suivit le steward.

Morier

J'avais besoin de sommeil, si bien que je suis arrivé à l'Institut en retard, vers 11 heures. J'ai manqué la visite de Planet, mais cela ne porte pas à conséquence, tous les enfants, ou presque, sont partis. Planet s'en va lui aussi, demain. Je resterai seul quelques jours. Il n'y aura plus de médecin à l'Institut. Après ma communication à Zurich, je prendrai deux ou trois semaines de repos. D'ici là, je dois préparer mon texte.

C'est étrange, le légume n'était pas là, ce matin. Elle ne m'attendait pas à l'entrée du pavillon A... Il suffit peut-être que j'arrive en retard pour qu'elle lâche prise ? Je n'ai jamais compris pourquoi elle était là, comme ça, tous les matins. Évidemment, je ne peux en parler à personne. C'est tout de même étrange.

J'étais occupé à travailler depuis deux ou trois heures, lorsqu'elle a appelé en début d'après-midi. J'ai répété plusieurs fois que je ne voulais aucune communication à l'Institut, mais elle a dû insister et la fille du standard a sans doute eu peur que quelque chose de grave se soit passé. Je lui ai parlé.

Elle s'est excusée, comme si cela pouvait servir à quelque chose. Elle m'a dit qu'elle me comprenait, mais qu'il fallait la comprendre, elle aussi. Qu'elle avait besoin de moi. « Sinon, jamais nous ne pourrons nous en sortir » a-t-elle pleurniché. Je suis resté silencieux. Elle a demandé, d'un ton suppliant, un peu, pas beaucoup, juste un peu. J'ai répondu que ce n'était pas une question de quantité, mais de principe. Je lui ai rappelé que je l'avais déjà prévenue il y a deux ans, qu'il n'en serait plus question. Elle avait une voix geignarde, lamentable. Elle essayait de m'apitoyer. Elle m'a menacé, aussi. Elle m'a affirmé qu'elle avait les témoins et que si elle ressortait tout, je serais définiti-

vement fini, qu'il fallait que je me résigne. Elle irait jusqu'au bout! J'ai répondu que c'était terminé, que je ne pouvais plus, que je ne céderais pas. Alors, elle a raccroché. Mes mains se sont mises à trembler et j'ai pleuré, moi aussi.

IV

Alain

Je me suis réveillé vers 4 heures de l'après-midi. À l'Institut, je m'étais endormi au petit matin, mais je manquais encore de sommeil. Sitôt rentré rue de Grenelle, je me suis couché. J'ai rêvé de prothèses, d'amputations, de loups-garous et surtout de la chatte baveuse de cette grosse salope de Maria. Ma mère a frappé à la porte de ma chambre. Elle m'a demandé si je voulais déjeuner. J'ai dit oui. Pendant qu'elle était occupée à faire du café je me suis branlé, frénétiquement. J'imaginais que j'enculais Isabelle. C'était super. J'ai déjeuné rapidement. Ma mère m'a raconté qu'elle avait accompagné les enfants et Isabelle à Orly. Je le savais déjà, elle en avait parlé la veille au soir. Elle m'a demandé si le travail n'était pas trop dur, à l'Institut. Je l'ai rassurée. Elle m'a proposé de me donner de l'argent en cachette et d'arrêter de travailler. Elle dit que ça ne m'est aucunement utile, que je serais beaucoup mieux à l'étranger, pour perfectionner mon anglais, visiter les musées, rencontrer des gens. J'aurais bien accepté, mais je connais le vieux, il est tout à fait capable de vérifier que je passe bien mes nuits à l'Institut. Et si je le filoutais, il piquerait une colère folle. Et puis je ne vais pas partir maintenant, ce serait dommage. La Maria, je vais me l'enfiler, ça ne va pas traîner, elle va y passer, par-devant, par-derrière, elle va déguster, la petite salope.

Négligemment, ma mère a laissé deux cents francs, sur ma table de chevet, avant de m'embrasser et de partir. Je vais pouvoir me payer une pute, pour patienter avant de me faire Maria. Ma mère m'a dit que c'était pour acheter des livres. La pauvre. Je vais aller piquer chez Gibert pour deux cents francs, et je vais m'envoyer une pute. Une qui ressemble à Isabelle ou une qui ressemble à Maria ? Je ne sais pas encore...

*

Cynthia était seule. Marcel avait disparu dans le parc et Marlène était partie jouer aux petits chevaux avec un gamin du pavillon B. De toute façon, ni Marcel ni Marlène n'adressaient la parole à Cynthia.

Elle sortit par-derrière et rendit visite à Jeannot qui réparait sa tondeuse à gazon perpétuellement détraquée. Puis elle le suivit pendant qu'il allait disposer ses jets d'eau sur les pelouses. Elle vit la voiture du docteur Morier entrer dans le parc, tard dans la matinée. Il s'enferma dans son bureau. Il en sortit pour les consultations externes, mais il n'y avait personne, alors il retourna s'isoler au milieu de ses dossiers. Il avait l'air soucieux, plus encore que de coutume. Cynthia revint en début d'après-midi dans l'appentis de Jeannot. Il n'était pas là. Cette fois, elle y entra en poussant la porte avec la roue de son fauteuil.

Elle observa avec attention les outils accrochés au mur. Elle les connaissait tous, c'était une gamine de la campagne. Elle ne confondait pas les bêches et les pelles, les égoïnes et les scies à araser, les plantoirs, les sarcloirs.

Elle posa sa main gauche, celle qui ne tremblait pas, sur l'établi, elle caressa la grosse presse à la vis tournée dans le chêne massif. Elle se dit de nouveau qu'ici, ce serait bien, qu'elle avait trouvé l'endroit. Qu'elle savait où. Jeannot arriva alors que, pour la millième fois, elle se demandait comment. Comment ?

*

Isabelle arriva à Deauville une demi-heure après avoir décollé d'Orly. Laure et Ludovic n'avaient cessé de trembler de peur dans l'avion, aussi dut-elle les consoler devant un milk-shake. Leur venue avait été préparée par le couple de retraités qui logeaient dans la villa voisine. Un peu à l'écart de la ville, un petit bois dissimulait les deux maisons, quasiment identiques. Il s'agissait des deux corps de bâtiments d'une ancienne ferme.

Isabelle eut un moment d'absence en écoutant le chant des oiseaux. Elle serra les deux enfants contre elle, en s'accroupissant pour porter son visage à leur hauteur, et les embrassa. Elle fit leurs lits, aidée par le voisin. Le temps était toujours au beau fixe, aussi leur donna-t-elle leurs maillots de bain. Puis elle s'isola dans la grande chambre mansardée, au premier étage, pour se changer à son tour. Elle se contempla, dans la glace, longuement, en caressant son corps et en souriant à son image.

Puis elle conduisit les deux enfants à la plage après leur avoir acheté un seau et une pelle, un cerf-volant, des lunettes de soleil, de la crème pour bronzer en sécurité, et encore une glace. Ils coururent sur le sable, batifolèrent dans l'eau malgré tout un peu fraîche.

Il était près de 16 heures 30 lorsqu'elle rentra à la villa. Elle commença à ranger les provisions que les deux retraités lui avaient apportées. C'est alors que le téléphone sonna. Elle eut un moment de surprise, puis elle décrocha.

— Isabelle je t'aime, mumura la voix, j'ai besoin de toi.

La femme du docteur Morier en resta pétrifiée.

— J'ai besoin de toi, de ta peau, d'embrasser ta peau. Isabelle, nous pouvons être heureux, laisse-moi venir à toi.

Elle éclata d'un rire nerveux, presque hystérique avant de raccrocher. Peu après, les enfants sortirent de leur chambre, avec le cerf-volant.

— Pourquoi tu pleures, maman, pourquoi qu'il a crié, papa, hier soir ? demanda Ludovic, d'une toute petite voix.

*

Alain Fornat se promena tout l'après-midi. Finalement, il n'alla pas chez Gibert, mais à la FNAC-Forum.

Il portait un grand sac de toile bariolé. Au rayon Philo, il déroba le premier tome de *L'Idiot de la famille,* la biographie de Flaubert, par Sartre. Dans la cohue, il se faufila et réussit à déjouer la vigilance des surveillants. Installé à une terrasse de la rue Saint-Denis, en face d'une boutique de fripes, il compulsa l'index et la table des matières. Puis il lut quelques pages au hasard des chapitres. Il trouva tout cela impressionnant.

Une passante bien en chair qui longeait la terrasse du café lui rappela soudain Maria. Il sentit une érection lui venir, une bouffée de désir lui enflammer le sexe. Il se caressa l'entrejambe à travers la toile serrée de son jean. Il se dit, elle est là, ma queue, je vais lui enfiler dans la chatte, elle va gémir de plaisir, Maria, tu es une vraie salope. Puis, d'une seconde à l'autre, la salope changeait de visage, elle était Isabelle, et de nouveau, elle redevenait Maria.

Alain descendit jusqu'aux toilettes du café. Dans les escaliers en spirale, il continua de se caresser le sexe, en guettant l'apparition éventuelle de jambes féminines au-dessus de lui. Mais personne n'emprunta l'escalier à sa suite. Il s'enferma alors dans une cabine de w. -c., et fit descendre son jean jusqu'aux genoux. Sa verge était tendue dans une érection presque douloureuse. Tantôt avec douceur, tantôt avec violence, il se masturba jusqu'au seuil du plaisir, en se retenant d'éjaculer. Sur le carrelage de la cabine, il déchiffrait les graffitis obscènes et en répétait le texte en remplaçant le nom cité par Maria ou par Isabelle.

Le sexe comprimé par le tissu de son pantalon, il sortit des toilettes pour remonter la rue Saint-Denis. Dans sa main droite, il froissait les deux billets de cent francs que sa mère avait laissés sur le couvre-lit.

Le temps était à l'orage, il faisait lourd, les prostituées attendaient avec une certaine nonchalance les clients éventuels. Alain longea le trottoir lentement, revenant à plusieurs reprises sur ses pas, détaillant le visage et le corps, la tenue des jeunes femmes, traversant la rue pour s'abriter dans le recoin d'un porche afin de pouvoir scruter ces silhouettes perdues dans le flot des voitures et des piétons.

Il repéra une petite brune, près du boulevard de Strasbourg. Elle était vêtue d'un short de toile et d'un chemisier transparent sous lequel on voyait pointer ses seins. Puis une autre, un peu plus âgée, plus mince, plus distante, à la taille serrée dans une robe élégante de soie noire. La première avait le visage grossièrement fardé. Le maquillage de la seconde était sobre, sa voix moins aguicheuse.

Il pensa les salopes, les salopes, les putes, elles en veulent de ma queue, je vais la leur donner, elle est pour elles. Maria ou Isabelle, la première ou la seconde ? Le short de toile claire ou la robe de soie noire ? Je bande, je bande, je vais prendre Isabelle, je vais lui donner son compte, elle va sucer ma queue, l'avaler, je bande ! Celle qui figurait Isabelle l'entraîna dans une arrière-cour de la rue Saint-Denis, encombrée par les camionnettes et les cartons des marchands de prêt-à-porter. Arrivé dans la chambre, il défroissa les deux billets de cent francs et les tendit à la jeune femme qui se déshabillait. Il l'imita avec précipitation.

Puis il attendit. Elle prit son sexe dans ses mains,

l'approcha de sa bouche. Il lui agrippa les cheveux à pleines mains et l'attira contre lui, en l'appelant Isabelle, puis Maria, puis encore Isabelle.

*

L'après-midi, devant la télévision, Cynthia avait regardé les émissions des vacances pour les enfants. Un film idiot, un dessin animé stupide. Elle aimait pourtant beaucoup regarder la télévision, le soir, avec Marie-Line qui tricotait et ne prêtait aucune attention au programme. De temps en temps, elle arrivait à suivre les informations ou les émissions médicales, mais évidemment, elle ne pouvait pas choisir son programme…

POURQUOI

I

Cynthia

Avant, les vacances, j'aimais bien ça. Je partais pas d'Attencourt, parce que ma sale conne de mère et son salaud gagnaient pas assez. Ils partaient pas, eux non plus, comme ça, y avait pas de jaloux. En été, le salaud faisait un petit menu un peu touristique, avec des fruits de mer, pour s'il y avait des gens qui passaient par Attencourt. Mais il y en avait pas beaucoup.

Je traînais un peu au routier, j'aidais ma sale conne de mère, à la plonge et tout, et après, j'allais jouer avec mes copines. Leurs parents gagnaient pas bien non plus : ils travaillaient dans l'usine de robinetterie. Les ouvriers garaient leurs mobylettes à l'entrée de l'usine, le long du trottoir. Ils ressortaient pas de la journée, alors on prenait les mobylettes, en douce, et on filait pour se balader.

Moi, je pouvais pas prendre de mobylette, parce que le salaud en a pas. Il a juste une camionnette, pour le restaurant. Alors je piquais des sous dans la caisse pour payer l'essence, comme ça, je participais aussi.

Je montais derrière Aline, celle qu'était déjà avec moi à l'école maternelle. On est restées ensemble au C.E.S., jusqu'en quatrième. Maintenant, elle fait une école de sténodactylo, pour entrer dans les bureaux de l'usine. Elle est venue me voir à l'Institut, tout au début que j'y étais. Elle a pleuré quand elle m'a vue dans mon fauteuil. Comme j'ai fait semblant de pas la reconnaître, elle a pleuré encore plus.

C'est donc Aline qui conduisait la mobylette. On fonçait à travers la campagne, des fois on allait jusqu'à la mer. Le plus près, c'était Le Tréport. On se baladait sur la jetée, toutes les deux. Une fois, on s'est fait draguer sérieux par des Parisiens. Ils étaient deux, ils devaient avoir quinze, seize ans. On a pris un pot dans un café, avec eux. Celui d'Aline, il lui a passé le bras autour du cou, et le mien, quand il a vu ça, il s'est mis à me caresser le genou. C'était bien parti et tout. Mais il était tard, et il fallait qu'on rentre vite pour remettre la mobylette à sa place à temps.

Si je m'étais fait piquer, sur la mobylette, j'aurais pris une drôle de raclée. J'avais pas le droit d'en faire, à cause de mon dos. Même le vélo, c'était pas bon pour mon dos. Pour aller au C.E.S. qui est à l'autre bout d'Attencourt, le salaud me conduisait dans la camionnette du routier et me laissait devant l'entrée. Il fallait pas que je porte de cartable, non plus. J'étais dispensée de gym ; c'était bien. Je voyais les copines, elles avaient l'air nouille avec la tenue du C.E.S., un short bleu, bouffant, et un chemisier rose. C'était la tenue obligatoire. Le mercredi, le salaud me conduisait à Amiens, avec la camionnette, pour mes séances de rééducation, ça durait toute la matinée.

C'est quand j'étais en quatrième que ça a drôlement empiré. J'avais grandi, tout d'un coup, trop vite pour mon dos. Même les séances, si j'en avais fait tous les jours, au lieu de juste le mercredi, ça aurait pas suffi. J'avais de plus en plus mal, même en dormant. Au C.E.S., il fallait que je m'allonge plusieurs fois dans la journée. Je passais plein d'heures à l'infirmerie. Je loupais les cours. J'essayais de pas louper français et maths, mais le reste, anglais, histoire-géo et tout ça, je loupais. Le principal du C.E.S. disait que ça pouvait pas durer. Il disait que j'étais pas dans une structure adaptée, voilà, c'est comme ça qu'il disait. J'entends encore sa voix. « Voyons, cela crève les yeux, cette petite n'est pas dans une structure adaptée ! » Et maintenant, j'y suis, dans une structure adaptée ?

*

Perdue dans ses pensées, Cynthia s'était isolée dans un coin du parc de l'hôpital. Il était plus de 18 heures. Pour ce que, dans sa tête, elle appelait « son exercice », elle choisissait toujours un coin désert. Évidemment. Elle se plaçait sous un arbre, un vieux marronnier entouré d'une pelouse circulaire, d'où elle avait une vue dégagée. Si quelqu'un venait à s'approcher, dans un rayon d'au moins trente mètres, elle en était immédiatement avertie. Tout en faisant « l'exercice », elle tournait lentement autour de l'arbre, avec son fauteuil.

Tch'est un traou de gervdure où fchante une rigière
Accrochant fchollement aus gher, aux gherbes des haillons...

Son visage se tordait durant l'exercice. L'effort qu'elle devait fournir était démesuré. Elle allait chercher l'air au fond de sa gorge et ses lèvres chuintaient en faisant gargouiller la salive pour tenter de la retenir, de l'empêcher de couler sur son menton. Tous les jours, sous l'arbre, elle se récitait à voix haute « Le dormeur du val », le poème de Rimbaud que le professeur de français s'était obstiné à lui faire apprendre, au C.E.S.

Sholdat, jjeune, bouchhe ouverke, kêke nue, et la nnuque gaignant gans le frais cresshon bleu...

Au début ce fut très difficile. Désespérant. Les mots s'entrechoquaient dans sa bouche, elle attrapait vite une crampe à la mâchoire, et pleurait de rage. Mais à force d'entraînement, d'acharnement, aujourd'hui elle parvenait à déclamer les quatre strophes, patiemment, deux fois. Elle préférait réciter « Le dormeur du val » que de raconter à voix haute sa journée, par exemple, car elle se disait que c'étaient là des mots difficiles, malaisés à prononcer : « glaïeuls », « petit-val-quimousse-derayons », « nature, berce-le chaudement ». Et puis, en récitant toujours la même chose, elle pouvait mesurer ses progrès, comparer la qualité de sa diction, qui s'améliorait ou régressait.

Pour se récompenser, lorsqu'elle avait fini, elle grondait, presque en criant : « Je te tiens, ordure ! » Elle articulait en y mettant le ton, méchamment, d'une seule traite, sans baver. Il ne faudrait surtout pas baver, à ce moment-là.

Elle quitta l'ombre du marronnier, fit rouler son fauteuil en dehors de la pelouse et regagna l'intérieur de l'Institut. Pendant les vacances, elle passait la journée au pavillon A. Il y avait deux éducatrices qui s'occupaient de la dizaine d'enfants qui restaient là durant les deux mois d'été. Elle prenait ses repas avec eux, mais ensuite elle disparaissait, sur son fauteuil électrique. Les enfants faisaient des promenades, des sorties, des jeux. Elle, elle ne jouait pas, évidemment. Les éducatrices l'installaient devant la télé, elles disaient que visiblement, ça avait l'air de lui plaire, malgré tout.

— Il n'y a pas de raison de l'en priver, soulignaient-elles. Et ça fait une gosse en moins à traîner. Une en moins sur un groupe de dix, ça se sent tout de suite…

*

Isabelle Morier passa la journée à la plage avec ses deux enfants. Elle fit très attention aux coups de soleil, ils avaient la peau sensible. En rentrant à la villa, elle passa chez le couple de petits vieux leur acheter des œufs, du lait, un poulet, quelques fruits. Elle fit prendre un bain à Laure et Ludovic, puis se laissa glisser dans la baignoire à son tour.

Quand le téléphone sonna, elle sursauta, cria aux enfants de ne surtout pas décrocher. Elle passa un peignoir et, ruisselante d'eau savonneuse, descendit au rez-de-chaussée. D'abord, elle attendit, laissant sonner, pensant qu'il se lasserait. Mais il ne se lassa pas. Elle décrocha.

— Isabelle, c'est toi ? Mon amour, j'ai besoin de toi.

Nous nous retrouverons bientôt, quand tu seras rentrée à Paris, je te tiendrai dans mes bras, nous serons heureux.

— Salaud, laisse-moi tranquille, hurla-t-elle, je vais te le faire payer cher !

— Tu n'oseras pas, tu aurais peur du ridicule, à ton âge, tu te rends compte, ça devrait te faire plaisir, pourtant ?

De guerre lasse, elle débrancha la prise. Elle haussa les épaules puis s'en retourna dans son bain.

Morier

Elle a rappelé, la garce. Je lui avais raccroché au nez, à l'Institut. Chez moi, pour l'éviter, elle, j'ai installé un répondeur. Elle a essayé de me faire le coup de la pitié. Elle pleurait en parlant. Elle disait que cela ne servait à rien de tenter de l'ignorer, qu'on ne pouvait pas effacer ce qui s'était passé entre nous. J'ai réécouté plusieurs fois la bande du répondeur. C'est bizarre. Il y avait une intonation étrange dans sa voix. Bien sûr, elle pleurait, mais je suis certain qu'elle appelait contre son gré, que c'était lui qui la poussait. Je crois qu'on peut distinguer sa respiration, à lui, sur la bande. J'ai réécouté au moins dix fois.

Il faudrait que je sache s'ils sont d'accord, si elle a vraiment appelé sous la contrainte. Ce serait très important, je dois en avoir le cœur net. Si tel est le cas, je ne réglerai pas le problème de la même facon. J'ai peut-être eu tort de la rabrouer ? Je pense que si je la vois, si je peux lui parler de vive voix, je pourrai la convaincre.

J'ai beaucoup hésité. Je me suis servi à boire, une grande rasade de bourbon. J'ai repassé la bande. À présent, j'en suis absolument certain. C'est lui qui la pousse, c'est lui l'instigateur. J'ai effacé la bande, j'ai composé son numéro, et je lui ai parlé. Je lui ai dit que je voulais la voir.

Ensuite je me suis remis au travail. J'ai enregistré le texte de ma conférence au magnétophone. Je dois le savoir par cœur, comme on dit. Durant le congrès, il est hors de question de bafouiller, de s'empêtrer. Et, bien sûr, je serai tendu, anxieux, j'aurai un trac fou au moment de monter à la tribune. Je devrai parler sans notes.

*

Alain, arrivé en avance à l'Institut, passa voir Maria, l'infirmière, au pavillon A. Il lui offrit des fleurs. Un bouquet un peu fou, de toutes les couleurs. Elle déposa les fleurs dans un vase, près de son bureau, et lui fit une bise sonore sur la joue, en rougissant, pour le remercier. Il lui sourit, puis ils prirent le café ensemble.

À 23 heures 30, il se rendit au pavillon C voir si les enfants dormaient. Marlène et Marcel étaient couchés, mais la gamine de la chambre 12 regardait la télé dans l'infirmerie. Alain pensa que la situation était stupide. Cynthia fixait l'écran de ses yeux vitreux, en bavant. Elle regardait un reportage sur l'Angola !

Il éteignit la télé, empoigna le fauteuil pour le pousser jusqu'à la chambre 12. Lorsque le contact n'était pas mis, le moteur ne tournait pas, on pouvait donc facilement manœuvrer le fauteuil. Sans qu'il y prenne garde, Cynthia réagit en appuyant sur le bouton de contact. Sur l'accoudoir du fauteuil, elle bloqua la manette à boule sur la marche arrière : le fauteuil heurta les jambes d'Alain. Il trébucha; le fauteuil reculait toujours.

Il le rattrapa, coupa le contact, gifla la gamine et regretta aussitôt son geste. Il avait agi comme s'il s'agissait d'une enfant normale, qui défie l'adulte pour tester son autorité… Elle le contempla de son regard indifférent, mais ne tenta plus de résister. Il la prit dans ses bras pour la déposer sur son lit. Dans le tiroir de la table de chevet, il trouva une chemise de nuit propre et entreprit de dévêtir Cynthia. Après avoir ôté le pantalon de survêtement, il vit le slip gonflé, d'où dépassait une serviette périodique, tachée de sang coagulé. Il hésita, puis il téléphona à Maria pour lui demander de venir.

— Je ne sais pas trop quoi faire, tu comprends? lança-t-il en gloussant.

Maria ne put réprimer un petit rire de gorge et assura qu'elle comprenait, que c'était normal, bien sûr. Alain resta les bras ballants à attendre. Cynthia était immobile, sur le lit. Maria vint très vite, avec une cuvette pleine d'eau, un gant de toilette, du coton hydrophile et une serviette de rechange. Elle ôta le slip, jeta la serviette périodique souillée dans un sachet de plastique. À l'aide du gant, elle nettoya l'entrejambe de Cynthia, mit en place une nouvelle serviette et lui passa la chemise de nuit.

— Tu vois, ce n'est pas plus difficile que ça! s'écria-t-elle. Demain il faudra que tu le fasses tout seul, parce que je suis de repos. S'il y a un problème, tu téléphoneras à l'internat. Il y aura quelqu'un de garde.

Alain

La grosse Maria a changé la gamine. Elle avait la chatte tachée de sang, c'était sale, ça m'a écœuré. C'était bizarre, je n'avais jamais vu ça. La gosse est totalement débile. Maria me l'a dit. C'est un drôle de cas, elle est arrivée comme ça, dans cet état; la doctoresse du pavillon C l'a fait admettre ici il y a un peu moins de deux ans. On ne lui fait rien, ça ne servirait à rien, elle est trop débile et trop esquintée. C'est comme un légume, une loque. Dans quelques mois, elle aura seize ans, et elle partira du centre, pour aller ailleurs, dans un hospice quelconque...

Maria est partie. Je suis resté un peu, à regarder dormir la gosse. Elle dort sur le côté, il faut la coucher sur le côté, pour la respiration. Quand elle a été endormie profondément, j'ai soulevé le drap, pour la voir. J'ai regardé ses jambes, son dos. Au milieu des omoplates, elle a une grande cicatrice, juste à l'endroit de la colonne vertébrale. Maria m'a expliqué qu'elle avait un bout de ferraille, en haut du dos, pour soutenir ses vertèbres. C'est vrai qu'elle se tient bien droite dans son fauteuil mais c'est sa tête qui tombe, son cou qui pend lamentablement, je ne vois pas bien l'utilité.

J'ai fait une ronde rapide dans les autres chambres. Marcel et Marlène dormaient profondément, paisiblement, il n'y avait pas de problème. J'ai traversé le grand couloir du rez-de-chaussée, et je suis allé retrouver Maria, dans la pièce où elle fait la garde. Elle a sorti une bouteille de rhum d'un placard, en disant qu'elle allait faire du punch. L'odeur sucrée du rhum s'est mêlée aux effluves médicamenteux. C'était un rien écœurant.

Dans son sac, elle avait deux oranges, qu'elle a pressées. J'ai pensé à ses seins, que j'avais envie de presser, moi aussi, à son cul, que je mourais d'envie de pénétrer. Elle a sucré le jus, en mélangeant bien, dans un bol.

Elle m'a demandé si j'avais déjà visité Toulouse. Elle est de Toulouse. Je suis allé une fois en vacances dans la région, mais je n'ai passé qu'une nuit dans un hôtel du centre ville, pour assister à un spectacle de ballets lors de je ne sais plus trop quel festival. Avec ma mère. Je le lui ai dit.

Elle a servi le jus d'orange mêlé au rhum. Elle a ajouté des glaçons, et nous avons bu. Je n'aime pas tellement l'alcool. Elle était assise près de moi, les jambes croisées haut, comme Isabelle, l'autre soir. Elle avait la peau nue, la peau des jambes nue. Je voyais son soutien-gorge à travers la transparence du tissu de sa blouse. Elle ne portait qu'un soutien-gorge et un minislip.

Elle avait rougi, elle disait que le punch était trop fort, ce n'était pas vrai, elle avait mis trop de sucre. Seulement voilà, elle rougissait parce qu'elle avait envie que je la baise, elle devait mouiller, être trempée comme une soupe ! Je me suis levé pour entrebâiller la fenêtre, il faisait vraiment trop chaud.

Je bandais comme un fou. Et ça se voyait, à travers mon jean, on distinguait la grosse bosse de ma queue. Et ça l'excitait encore plus, cette traînée, cette roulure ! Elle s'est levée elle aussi. Elle est venue près de moi, à côté de la fenêtre. Elle a dit qu'il y avait un peu d'air frais, qu'il faisait bon, qu'on était bien, tous les deux. Et soudain, elle s'est plaquée contre moi. Ses seins s'écrasaient contre ma poitrine. Elle a posé la tête, le front dans le creux de mon épaule, et elle a noué ses bras autour de mon cou.

J'ai saisi ses poignets, pour me dégager, et je l'ai éloignée de moi. Elle a eu l'air stupéfait, elle s'y croyait déjà, la salope ! Elle a bredouillé quelques mots d'excuses, en rougissant encore plus. J'ai souri, gentiment, pour ne pas l'humilier, et je suis sorti dans le couloir. J'ai marché rapidement, jusqu'au pavillon C. J'avais eu du mal à me dominer, à ne pas la gifler. Qu'est-ce qu'elle s'était imaginé, celle-là ? Que j'allais salir ma queue en fouillant sa viande grasse ? Pour qui se prenait-elle ? Et moi, pour qui me prenait-elle ? Radasse, sale putain.

Je me suis enfermé dans l'infirmerie du pavillon C. Et je me suis branlé. Plusieurs fois. Je pensais à la bouche d'Isabelle, à ses longues jambes. Elle au moins, elle porte toujours des bas.

*

Le docteur Morier, pour la seconde journée consécutive, n'arriva pas à l'heure à l'Institut. Il avait travaillé jusqu'au petit matin sur le texte de sa conférence. Les mots, les phrases, étaient présents, comme gravés, dans son esprit. Vers 8 heures, il sortit de la résidence où il habitait et prit un petit déjeuner au comptoir d'un café, sur la place de la Mairie, à Saint-Maurice.

Tout en mâchonnant la dernière bouchée de son deuxième croissant, il se dirigea vers le bois de Vincennes, tout proche. Il foula l'herbe drue, sur les pelouses qui entouraient le vélodrome. Puis il s'assit sur un banc pour réfléchir. Des gens passaient dans les allées, en training, au petit trot. Il avait rendez-vous avec elle, ce matin. À 11 heures, au Thermomètre, une brasserie de la place de la République, à Paris. Elle avait dit qu'elle prendrait le train tôt le matin. Il lui avait proposé de le retrouver chez lui, à Saint-Maurice, mais elle avait refusé.

*

Il l'attendit, attablé à la terrasse du Thermomètre, et dévisagea les consommateurs. Elle était en retard, mais il ne doutait pas de sa venue. Quelques minutes plus tard, un taxi s'arrêta devant la brasserie. Il la vit descendre, payer la course, chercher parmi les visages des gens attablés à ses côtés, le trouver enfin. Elle s'assit en face de lui, commanda un café, elle aussi.

Il lui demanda si elle avait fait un bon voyage, pour rompre la glace. Il n'écouta même pas la réponse… elle aurait préféré ne pas se déplacer, mais puisqu'il ne voulait pas entendre raison, il fallait bien, n'est-ce pas ?

Il lui répéta, une dernière fois, que tout était fini. Elle secoua la tête pour dire mais non, ce n'est pas fini. Elle avait besoin de lui.

Morier lui expliqua qu'elle se faisait manipuler, qu'il le savait, et qu'il ne céderait pas. Alors elle s'effondra, elle pleura. Autour d'eux, les gens détournèrent la tête, gênés. Il posa sa main sur la sienne, lui parla d'une voix douce mais ferme. Il la comprenait, il ne lui en voulait pas, elle était manipulée, il fallait qu'elle résiste... Maîtrisant ses sanglots, elle parla à nouveau des témoins. Elle avait des témoins. Il le savait.

— Il ne faut pas que vous oubliiez ! lui dit-elle.

Il haussa les épaules, avec une moue méprisante. Elle se ressaisit, but son café à petites gorgées puis sortit de la brasserie, toujours en pleurnichant, sans lui dire au revoir. Il la vit traverser la place puis héler un taxi dans lequel elle disparut.

II

Trois jours s'étaient écoulés. Trois journées de soleil, de chaleur. Cynthia sortit dans le parc, sur son fauteuil. Elle s'enfonça dans le labyrinthe d'arbustes qui prolongeait la façade de l'Institut ; elle se trouvait à présent devant l'entrée de l'appentis de Jeannot, le jardinier, qui travaillait quelque part dans le parc. La porte de l'appentis était ouverte et Cynthia contempla les outils impeccablement rangés sur le mur, les bidons de désherbant, les sacs de graines sur les étagères de bois.

Cynthia était heureuse ; follement heureuse. Maintenant, elle savait où, elle savait qui, et surtout, elle savait comment. Oui, enfin, après tant de temps, elle savait comment. Comment. C'était tout bête. Ce n'était pas comment, qu'il fallait demander. Mais simplement qui. Qui et comment, c'était la même chose. Qui *était* comment. Mais elle ne pouvait pas le deviner.

Cynthia

D'abord, j'ai eu peur, très peur, je savais pas ce que c'était, évidemment! Je suis trop jeune. Je vais bientôt avoir seize ans, mais quand même! C'est le pied! Maintenant, l'ordure, je le tiens! C'est plus qu'une question de jours.

Primo, je vais piquer une de ses cassettes à Marcel. Il écoute Chantal Goya toute la journée, ce con-là. Deuxio, il y a un magnéto dans le bureau de la psychologue. Je l'ai vue s'en servir souvent. C'est un truc avec un micro, je sais faire marcher le micro et les touches, tout ça. Pour enregistrer il faut pousser celle du milieu. Une cassette ça suffira, je vais pas en faire un livre. L'ordure, il va voir sa gueule.

Il s'appelle Alain. J'ai entendu Maria l'appeler Alain. Il est beau, tout blond, grand, un peu maigre. Il est complètement fou. Heureusement qu'il est complètement dingo! Le deuxième soir qu'il était là, il a encore coupé la télé. J'ai voulu l'emmerder avec mon fauteuil, comme la première fois, mais j'étais fatiguée, et je m'en foutais, y avait que des conneries à la télé. Genre « Au théâtre ce soir ». Il m'a accompagnée jusqu'à ma chambre, il m'a soulevée et déposée dans le lit. Il m'a enlevé mon T-shirt et regardé mes seins, un bon moment. Il a fait glisser mon pantalon de survêtement, puis il est parti dans le couloir, pour voir s'il y avait du monde. Évidemment, y avait personne. Il a rapporté une bassine avec de l'eau et un gant. Tout doucement, il a enlevé ma culotte. J'avais une serviette salie, en dessous, j'avais encore mes règles, mais c'était le dernier jour. Elles durent pas, mes règles.

Même avant, elles duraient pas. Il a écarté mes jambes et il m'a lavée.

Je le regardais pas, j'étais gênée, mais ce qui m'a surpris, c'est qu'il respirait fort, et quand ça a été propre, il restait là, à me regarder. Il pouvait pas beaucoup voir, parce qu'il faisait noir, y avait que la veilleuse du couloir pour éclairer.

Et c'est là qu'il a commencé. J'avais déjà vu des garçons le faire, avec leur main. C'était une fois, avec ma copine Aline, on a vu un de ses cousins le faire. C'était un jour que j'avais dormi chez elle. Ma sale conne de mère et son salaud étaient partis à un enterrement, dans sa famille à lui, dans la banlieue d'Amiens. Ils m'avaient laissée à Attencourt, chez les parents d'Aline, et il y avait un cousin d'Aline, on avait douze ans. Le cousin l'a fait avec sa main, on a vu comment ça coulait, à la fin, c'était tout blanc.

Il avait déboutonné sa braguette et il l'a fait, Alain. Il me tenait la main en le faisant, mais moi, je touchais pas. Quand ça a coulé, il a poussé un petit cri et tout de suite après, il a pleuré. Je comprenais rien. Il s'est sauvé dans le couloir. J'avais le cœur qui battait fort. Dix minutes après, il l'a refait mais, cette fois, il m'avait mis une main entre les jambes et il me caressait aussi.

C'était drôlement agréable, un garçon me l'avait déjà fait, ça, caresser, avec la main. C'était un soir de 14 juillet, encore avec Aline. Qu'est-ce qu'on a pu déconner, toutes les deux, c'était le bon temps! On était chacune avec un garçon, c'était des copains à son frère. Le mien, il s'appelait Alain, comme cet Alain-là.

C'était le premier garçon que j'embrassais. Sur la bouche. On était dans un pré ; il faisait nuit. Il m'embrassait tout le temps, et puis il a passé sa main sous ma jupe, il a tripatouillé mon slip, et il m'a caressée. Moi aussi, je l'ai caressé, je l'ai tenu dans ma main, mais j'ai pas fait couler. J'osais pas, c'était bête. On est restés longtemps comme ça, et puis avec Aline on s'est sauvées, parce qu'il était très tard. On était fières de nous.

Alain, tout en le faisant, il pleurait doucement. Il s'est levé, il est venu au-dessus de moi et il a pris ma main pour me la mettre dessus. Il tenait mes doigts en serrant et il secouait. Au bout d'un moment, ça a coulé. Il était tout dur dans ma main. Comme le premier Alain. Mais lui, il arrêtait pas de pleurer. Il l'a refait une troisième fois, mais là, il a fait couler entre mes seins.

Il est reparti dans le couloir, pendant au moins une demi-heure. J'avais le cœur qui battait fort et une trouille, mais une trouille ! Il est revenu. Il avait une lampe de poche, et il m'a éclairé le visage. J'ai cligné des yeux parce que j'étais éblouie, et je l'ai regardé, du regard que je leur sers depuis deux ans, mon regard de débile. Il m'a caressé le nez, les yeux, pas la bouche à cause de la bave. Et les seins.

Dans les reflets de la lampe, je voyais ses yeux, à lui. Il avait les yeux tout rouges, il avait beaucoup pleuré. Il avait la lèvre du bas qui tremblait. Et il a dit un truc que j'ai pas compris sur le moment. Il a dit : « Il était temps. » Il était temps, c'est tout ce qu'il a dit.

Alain

J'ai chialé toute la journée, comme un gosse. J'avais honte et en même temps, j'étais heureux. Il n'y avait pas de risque qu'elle en parle à qui que ce soit : elle est débile. Elle bave, elle n'est pas belle, c'est une loque, mais elle m'excite. C'est la première fois qu'il y en a une qui m'excite jusqu'au bout. D'habitude je bande comme un fou et, au dernier moment, c'est fini. Je ne peux plus. Il suffit qu'il y en ait une qui me touche et c'est fini, ma queue redevient molle. J'ai l'air d'un pauvre type.

J'ai redemandé de l'argent à ma mère pour acheter des livres. J'ai volé deux coffrets de disques dans une petite boutique. Un Satie, et le Ring des Niebelungen. Je n'aime pas, mais il fallait bien justifier les deux cents francs.

J'ai voulu savoir si c'était fini, si je pouvais avec les autres, maintenant que j'en avais touché une et que j'avais quand même pu, ma queue n'était pas redevenue molle, elle ne s'était pas mise à pendre, flasque, il fallait que je sache !

J'ai voulu recommencer avec celle de la dernière fois, rue Saint-Denis. Celle qui ressemble à Isabelle. Celle qui m'avait léché, branlé pendant un quart d'heure sans parvenir à me faire bander. Elle a été patiente, elle m'excitait bien, au début, mais elle m'a touché, et au bout de vingt minutes, il n'y avait rien, j'étais incapable de la baiser, de la remplir. Alors je me suis dit qu'il faudrait aller jusqu'au bout, avec la gamine, que je guérirais peut-être comme ça, en allant jusqu'au bout avec Cynthia...

*

Le docteur Morier travaillait dans son bureau, à l'Institut. Malgré ses recommandations, la standardiste lui passa une communication personnelle. Elle s'excusa en disant que la personne au bout du fil avait insisté : c'était une question grave et urgente... Morier ne fut pas surpris par la voix. Ce n'était plus elle, mais bien lui, comme il s'y attendait. Il était brutal, cynique, il avait une voix grossière, vulgaire. La haine de Morier puisa de nouvelles forces à l'écoute de cette voix.

Morier prit un ton ironique pour dire qu'il était heureux de l'avoir au bout du fil, lui en personne, et non pas elle, comme la dernière fois. Maintenant, ils allaient pouvoir tout régler. Morier répéta à son interlocuteur que tout était terminé désormais, et qu'il ne fallait plus rien attendre de lui.

— C'est définitif, ajouta-t-il, vous saisissez? Définitif!

L'autre jura, puis il menaça Morier.

— Je vous donne encore trois ou quatre jours pour réfléchir! Mais après, je déballe tout.

Morier pâlit devant sa détermination, mais il se domina pour ne rien laisser paraître de son émotion, de son trouble. Il répliqua qu'il n'y avait pas besoin de délai, puisque tout était fini, sans appel. Il raccrocha.

Cynthia

Le deuxième soir, j'attendais Alain devant la télé. Je guettais ses pas, dans le couloir. Il est arrivé à 11 heures. Il m'a regardée, il était inquiet. Il ne devait pas se sentir très fier. Il s'est accroupi devant mon fauteuil, pour mieux voir mes yeux, il m'a pris le menton, malgré la bave, et il a redressé ma tête, pour que je le regarde bien droit dans les yeux. Je lui ai servi le regard que je leur sers depuis deux ans : mon regard de débile. Il a lâché mon menton, il a essuyé la bave qu'il y avait sur sa main, et il est allé dans l'infirmerie mettre sa blouse blanche. Il a regardé la télé jusqu'à la fin des programmes, les informations, et tout. Je le voyais du couloir, j'avais peur, et en même temps, je sentais qu'il fallait continuer. J'espérais qu'il allait continuer, qu'il allait me le faire complètement, comme il voulait, pour que je le tienne. Quand la télé a été finie, il a fumé, beaucoup, beaucoup de cigarettes à la file. Il jetait un mégot et il en allumait une nouvelle. Puis il est parti faire un tour.

Il était minuit et demi quand il est venu dans ma chambre. Je voyais l'heure au cadran de sa montre, une montre avec des trucs à quartz. J'étais toujours dans mon fauteuil, je peux pas me coucher toute seule. Il m'a poussée jusqu'à la salle de bains. C'est une grande salle de bains. Une salle de bains pour handicapés. Marie-Line me baigne souvent. Il a allumé la lumière, c'est un tube au néon, ça éclaire très fort. Mais il a vu qu'il y avait un petit espace en bas de la porte, un petit espace pour la lumière, qu'on aurait pu voir du dehors, alors il a roulé une serpillière et il l'a posée par terre, pour boucher l'espace. On pouvait plus voir qu'il y avait quelqu'un dans la salle de bains. Quand il m'a regardée, j'ai su qu'il allait me le faire, ça se voyait dans ses yeux. J'ai su ça tout de suite. Il a défait son pantalon, il l'a laissé tomber sur ses pieds. J'ai eu peur, parce que je l'ai trouvée très grosse, et dure, toute grosse et dure, tendue vers le haut. J'ai eu peur, je me suis dit c'est trop gros, ça ne rentrera pas. Qu'est-ce que j'étais gourde, quand même !

Il a dû avoir honte, parce qu'il a tout de suite éteint la lumière. Il a allumé une lampe de poche, puis il m'a soulevée du fauteuil et il m'a mise toute nue, doucement, en me caressant. Il me tenait contre lui pour faire glisser mes vêtements, et je l'ai senti contre moi, contre mes jambes, contre mon ventre. Il m'a allongée sur des serviettes et des sorties-de-bain qu'il avait disposées par terre. Et il m'a éclairée des pieds à la tête, avec la lampe. Je savais plus où me mettre, mais il fallait surtout pas que je bouge ou que je crie. J'avais chaud. Il a regardé longtemps entre mes jambes et il m'a léchée, là. J'étais sûre qu'il allait me le faire. Je me suis retrouvée toute mouillée ; il me léchait, alors forcément... Mais il s'est mis à genoux, et il a pris ma tête et, je enfin, il me l'a fait, dans la bouche. Il remuait doucement en me tenant la tête, et ça a été vite. Je l'avais dans la bouche, pas toute, juste le bout, un peu, quoi, et ça a coulé, c'était pas bon, c'était aigre. C'est marrant, dans ma tête de gosse, j'aurais cru que c'était sucré, mais non, c'était vraiment pas bon quand j'ai avalé. Il m'a essuyé le menton. Il l'avait toujours aussi dure, et là, il a sorti une capote.

J'en avais déjà vu, il faut pas me prendre pour une gourde, quand même. C'est des garçons qu'en avaient apporté, au C.E.S. Au cours de musique. Ils avaient soufflé dedans pour les gonfler et on a joué au volley. La prof, elle a failli devenir dingue.

Il se l'est mise dessus, et il a pris ma main, pour que je le caresse. Et puis il m'a écarté les jambes et il s'est couché sur moi, en s'appuyant sur ses coudes. Et il me l'a enfoncée. J'ai crié un peu, parce que ça m'a fait mal, mais après c'était bien. Mais j'avais pas le temps de penser que c'était bien, il fallait que je pense qu'il devait recommencer encore plein de fois, qu'il me fasse tout ce qu'il voulait, tout, tout, pour qu'il s'enlise bien, et après, je le tiendrais, et alors là, il va voir sa gueule, l'autre ordure.

Et j'ai eu de la chance, parce que pendant plus d'une semaine, il me l'a fait, plein plein de fois, dans la salle de bains. Je le tenais.

III

Roland Gabelou était un homme de forte corpulence, au visage poupin, avec des yeux marron foncé, presque noirs, un regard roublard. Il s'appelait Gabelou, comme les gabelous de la gabelle, oui, et il disait souvent qu'avec un nom pareil, il ne fallait pas s'étonner qu'il soit devenu flic. Gabelou était un homme carré, qui abordait la cinquantaine avec sagesse et bonhomie. Il ne fumait pas, mais appréciait le bon vin, les alcools secs. La bonne chère.

Il était commissaire divisionnaire à la P. J. C'est à lui que l'on confia l'enquête, le lendemain de la découverte des trois cadavres. C'était le 13 juillet au matin, et on avait trouvé les cadavres le 12 au soir. Roland Gabelou savait comment. Qui et pourquoi, il ne le savait pas encore, mais comment, il ne pouvait l'ignorer, puisqu'il avait les photos devant lui, étalées sur son bureau, là-haut, au troisième étage du quai des Orfèvres. Les photos transmises par l'Institut médico-légal, quai de la Rapée.

Ce qui le chagrinait, c'était le compte rendu des premiers résultats de l'autopsie, plutôt laconique. En gros, il ressortait des examens préliminaires qu'au vu de l'état des cadavres, il n'y avait pas grand-chose à attendre des gens du laboratoire. Il n'y aurait pas de miracle. Gabelou comprit cela en regardant les clichés.

Il se mit tout de suite au travail, dès le 13 ; aujourd'hui, c'était le 15. Le 14 avait été une journée presque perdue, tout le monde était parti au soleil, il y avait le défilé militaire à Paris, les pétards, les bals, les feux d'artifice…

Le commissaire convoqua le chef de fabrication des Éditions Maçon et Cie. Mais il se rendit vite compte qu'il n'en apprendrait rien d'intéressant. Aussi le remercia-t-il après avoir fait enregistrer sa déposition, pour accueillir sans tarder Isabelle Morier.

Roland Gabelou aimait la cuisine fine, les bons vins, les parties de pêche, les parties de boules avec les copains du village cévenol dont il était originaire. Il aimait les jolies femmes, aussi. Isabelle Morier, qui venait de pénétrer dans son bureau, était une jolie femme. Élancée, élégante, avec de longues jambes, une peau hâlée. Gabelou convia Isabelle à prendre place dans le fauteuil qui se trouvait face à son bureau. Dans la pièce, un jeune inspecteur assista à leur entrevue, en retrait, et une secrétaire consigna les dépositions.

— Madame Morier, je dois vous avertir dès à présent que vous n'êtes pas tenue de répondre à mes questions… dit Gabelou en guise de préambule. Vous verrez le juge d'instruction plus tard.

Isabelle eut un geste bref et impérieux de la main, pour signifier peu importe, posez, posez vos questions, nous verrons ensuite.

— Bien, soupira Gabelou. Quand avez-vous vu votre mari, vivant, pour la dernière fois ?

— La veille de mon départ avec les enfants, c'est-à-dire le soir du 4 juillet, répondit Isabelle.

— Vous êtes-vous disputés ? demanda Gabelou.

— Oui… assez violemment, à propos de notre divorce. Je veux divorcer. Enfin, je voulais, puisque maintenant…

Gabelou apprécia sa franchise.

— Madame Morier, reprit-il. Comment est organisée votre vie matérielle, je veux dire, quelles sont les ressources dont vous disposez pour vivre ?

— Je perçois les dividendes des parts de la clinique, les parts que mon mari avait fait enregistrer à mon nom. De plus, c'était lui qui réglait les traites de notre appartement, rue de Grenelle. Voilà.

Isabelle avait répondu d'une voix neutre. Seuls les mouvements de ses mains trahissaient l'irritation et la gêne qu'elle ressentait de se trouver en ce lieu, la contrainte qu'il lui fallait subir en se soumettant aux questions. Isabelle n'aimait plus son mari, l'annonce de sa mort ne lui avait causé aucune peine. Elle avait ressenti une honte secrète de cette absence de sensibilité, puis elle s'était dit qu'après tout, leur séparation était maintenant ancienne. Ce qui s'était passé entre eux avait étouffé le peu de tendresse qu'elle aurait encore pu nourrir à son égard. Les enfants avaient eux aussi réagi avec une apparente indifférence, mais peut-être n'avaient-ils pas encore compris qu'ils ne reverraient jamais plus leur père.

— Madame Morier, heu, avez-vous, poursuivit Gabelou enfin, depuis votre séparation…

— Un amant? Non, je n'ai pas d'amant. J'ai eu une liaison du temps où nous n'étions pas encore séparés, mon mari et moi. Il s'agissait de, enfin, du moniteur d'équitation, du moniteur du club que je fréquente. Mais c'est terminé, à présent. Depuis plus d'un an.

Gabelou demanda ensuite à Isabelle si elle avait une idée de ce qui s'était réellement passé, près de l'appentis de Jeannot le jardinier. Isabelle secoua la tête pour signifier son ignorance. Elle s'était contentée de la lecture des journaux, puisqu'on ne l'avait pas autorisée à voir les corps. Puis elle admit que finalement, elle pouvait croire au suicide. Elle expliqua que Philippe Morier était quelqu'un de très dépressif; oui, elle croyait au suicide, ça n'avait rien d'impossible. Mais évidemment, au regard des circonstances, cela pouvait paraître étrange!

L'entretien se termina quelques minutes plus tard, après que furent réglés les détails matériels de l'enquête concernant la vie de Morier – ses relations, son passé –, autant de précisions qu'Isabelle était à même de fournir afin de gagner du temps.

Gabelou, en la raccompagnant au bout du couloir, lui demanda de ne pas quitter Paris, de rester rue de Grenelle, de façon à pouvoir compléter son témoignage si le besoin s'en faisait sentir. Il décrocha ensuite le téléphone pour appeler l'Institut médico-légal où il devait passer. Un inspecteur entra à cet instant dans le bureau pour lui remettre un télex du S.R.P.J. dont dépendait Deauville.

— Ils ont fait le boulot, expliqua l'inspecteur. Ils prétendent que le petit vieux a quelque chose d'intéressant, à leur avis.

— Bien, dit Gabelou, en se frottant les mains, réponds-leur de me l'amener illico. Je veux l'entendre maintenant que c'est encore frais. Il est 10 heures, il y a trois heures de route jusqu'à Deauville. Il peut être ici en début d'après-midi.

Gabelou, comme prévu, fila à la morgue pour recueillir l'avis du médecin légiste. Il exigea que le travail d'autopsie continue, qu'on ne s'en tienne pas aux premières conclusions, trop peu satisfaisantes. Il revint au Quai vers 17 heures. En sortant de la morgue, il était passé à l'hôpital de Saint-Maurice, pour interroger Jeannot, le jardinier. Ce qui lui avait pris pas mal de temps. Le petit vieux de Deauville l'attendait patiemment dans son bureau, en compagnie du jeune inspecteur qui avait assisté à l'interrogatoire d'Isabelle. Le pépère était surpris de ce qui lui arrivait. Surpris et pas mécontent de cette mésaventure qui venait rompre la monotonie douillette de son existence oisive. Toujours en bleu de travail, il expliqua qu'il était en train de bricoler son poulailler lorsqu'on était venu le chercher. On lui avait servi un sandwich, une bière, aux frais de la maison.

— Vous connaissiez le docteur Morier ? demanda Gabelou.

— Ah ben, forcément, puisqu'il a acheté la maison, nous on habite juste à côté, alors forcément, on le connaît. Y viennent que pour des week-ends ou des petites vacances, notez bien, mais on les connaît, les Morier !

Le petit vieux sourit aux anges. Il demanda la permission de s'en rouler une petite. Gabelou la lui accorda. Alors que jusqu'à présent il se tenait raide dans son fauteuil, il se détendit, émoustillé de constater que l'on accordait de l'importance à son témoignage. Avec des gestes sûrs, il enroula cérémonieusement quelques brins de tabac dans une feuille de papier Job et alluma sa cigarette.

— Isabelle, la voyiez-vous souvent ? poursuivit Gabelou.

— Ah ! ben, c'est-à-dire qu'elle vient plus souvent que lui. Et puis elle vient nous acheter trois œufs, un poulet, quèques pommes, voilà le travail, quoi !

— Racontez ce que vous avez dit à Deauville, à la police de là-bas.

Le pépère se cala confortablement dans son fauteuil et prit des airs de conspirateur pour donner ses informations, parlant soudain à voix basse.

— Ah ! ben, c'est pas grand-chose. C'était le 5 ou le 6, j'sais plus ! La dame du docteur, elle était à la plage, avec les mômes. J'ai été y porter des poires, on a les clés de la villa, pour l'entretien et tout. Alors, j'entre avec mes poires et je les pose sur la table, et puis, je me dis que je vais les laver à cause des insecticides, et je les reprends, et c'est là que je vois le fil du téléphone qu'était débranché. Ah ! que j'me dis, ça, c'est une bêtise des loupiots, alors je remets le fil dans la prise ; et je m'en vais laver mes poires. Et me v'là à les rincer au-dessus de l'évier, et à m'essuyer les mains après un torchon et crac, v'là-t-y pas que l'téléphone sonne ! Alors je décroche et j'ai pas eu le temps de prévenir que c'était pas la dame, que c'était que moi, mais ça criait déjà qu'il fallait pas raccrocher !

— C'était une voix d'homme ? demanda Gabelou.

— Ah ! ben, pour dire des cochoncetés semblables, y ferait bon voir que ça soye été une voix de dame ! rétorqua le pépère, scandalisé.

— Ah oui ? Des cochoncetés ? répéta Gabelou, intéressé.

— Ah ! ben oui, sauf vot'respect, confirma le pépère. Et je vais te la mettre dans le cul, et tu vas me la sucer, et rien que de la lie du même tonneau !

Il adressa un sourire gêné à la secrétaire, impassible, qui tapait sur sa machine.

— Vous la reconnaîtriez, cette voix ? reprit Gabelou.

Le pépère eut un moment d'hésitation puis finit par acquiescer. Gabelou le fit sortir pour attendre dans un autre bureau et prépara une bande magnétique qu'il trouva dans un tiroir. Il brancha la bande sur un magnétophone ; la voix du docteur Morier retentit :

... L'insertion capsulaire n'envahit pas toute la face

externe du bourrelet cotyloïdien, dont une portion, plus ou moins étroite, longeant le bord libre, est en rapport avec la cavité articulaire. Au niveau de l'échancrure ischio-pubienne...

Il s'agissait du début du texte de la conférence que le docteur aurait dû prononcer à Zurich et que l'on avait saisi chez lui, à Saint-Maurice. Gabelou demanda à la secrétaire de taper cet extrait et envoya chercher Alain Fornat. Avant que le jeune homme n'arrive, Gabelou enregistra une bande comprenant neuf fois la même phrase. La première personne qui parlait était Morier lui-même, puis huit inspecteurs qui lurent le fragment, tapé par la secrétaire.

Lorsque Alain fut arrivé, Gabelou lui demanda de se prêter au même manège ; il y eut ainsi dix voix. Morier en numéro un, Alain en numéro dix. Gabelou fit sortir Alain et demanda au pépère de revenir dans le bureau. Il lui expliqua ce qu'on attendait de lui. Le petit vieux se concentra pour écouter la bande. À la fin, il hochait la tête, un sourire jusqu'aux oreilles.

— Le premier qu'a parlé, c'était le docteur Morier, mais c'était pas lui qu'a téléphoné, sinon, je vous l'aurais dit tout de suite, forcément. Non, çui qu'a téléphoné, c'est le tout dernier, c'est lui qu'a dit des cochoncetés !

Gabelou soupira de contentement, tout à fait décidé à prendre ce témoignage au sérieux. Il fit reconduire le retraité en voiture à Deauville, après lui avoir fait signer sa déposition. Alain revint dans son bureau. Un inspecteur était retourné rue de Grenelle chercher Isabelle. Il fallut patienter une demi-heure en attendant sa venue.

À son arrivée, elle échangea un bref regard, accompagné d'un signe de la tête, avec Alain. Gabelou les épiait sans trop le laisser paraître.

— Madame Morier, connaissez-vous Alain Fornat ? demanda-t-il après qu'elle eut pris place dans un fauteuil.

— Bien entendu, c'est le fils d'une de mes amies, confirma-t-elle.

— Vous le connaissez bien ? insista Gabelou.

— Oui, enfin, je ne sais pas, cela dépend de ce que vous entendez par là ?

— Madame Morier, Alain Fornat a-t-il été, ou est-il, votre amant ? lança Gabelou après quelques secondes de silence.

Isabelle sursauta. Son regard reflétait une stupeur intense. Elle fixait Gabelou, éberluée. Elle ravala sa salive.

— Alain, mon… amant ? bredouilla-t-elle. Mais voyons ! Nous avons quinze ans et plus de différence d'âge, et je…

— Madame Morier, reprit lentement Gabelou, oui ou non ?

Ce fut Alain qui répondit. Il sourit à Isabelle. Il avait eu l'intuition de ce qu'il fallait dire, en faisant le rapprochement avec l'histoire stupide mais instructive de la bande magnéto que Gabelou lui avait fait enregistrer.

— Isabelle, murmura-t-il, tu peux le leur avouer, je crois que de toute façon ils savent. Ils ont une preuve de notre… liaison.

Il avait dit « liaison » d'un air ironique. Il se tourna vers Gabelou et sourit. Isabelle secoua la tête, incrédule, regardant tour à tour Alain puis Gabelou.

— Mais il ment, il ment ! cria-t-elle. Il est fou ! C'est vrai, il m'a téléphoné, à Deauville, pour me dire des choses... obscènes ! Enfin, vous comprenez... mais j'ai cru à une mauvaise plaisanterie d'adolescent attardé ! Jamais je n'ai eu la moindre histoire avec ce jeune homme, c'est de la folie !

Elle alluma rageusement une cigarette, défroissa sa robe, s'agita sur son fauteuil en rougissant.

— Isabelle, reprit Alain, ne leur mens pas ! Oui, commissaire, cela fait six mois qu'Isabelle et moi, nous... Mais cela n'a aucun rapport avec la mort de Philippe Morier. Isabelle et moi, c'était un simple contact, comment dire, épidermique !

Alain se rengorgeait, apparemment très fier de lui. Gabelou était perplexe.

— Il est fou ! Totalement fou ! balbutia Isabelle.

Gabelou interrompit l'entretien, congédia Alain et Isabelle et les plaça sous la surveillance de deux inspecteurs qui les reconduisirent rue de Grenelle. Dans la voiture qui les raccompagna, Isabelle et Alain n'échangèrent pas une parole. Alain prit la main d'Isabelle, mais celle-ci la retira vivement, sous le regard gêné d'un des adjoints de Gabelou.

Le commissaire appela l'inspecteur qui avait assisté à l'interrogatoire des témoins entendus jusque-là. C'était un fana de moto : il possédait une Guzzi 850 qu'il bichonnait ardemment.

— Dis donc, lui demanda-t-il, t'as un casque en rab ?

— Ouais, je peux trouver ça...

— Bon, tu vas rentrer chez toi prendre ton monstre, et tu me retrouves d'ici une heure devant la fontaine du

Châtelet. Tu penses qu'il faut combien de temps pour arriver dans la Somme ?

— Où c'est, exactement ?

— À quarante kilomètres d'Amiens, ça s'appelle Attencourt…

— On peut y être vers 22 heures, assura le jeune homme. Mais vous allez être secoué !

Gabelou s'agrippa à la poignée de la selle durant tout le trajet. Le casque intégral était un peu trop juste pour sa grosse tête. Heureusement, il faisait beau. Le jeune inspecteur avait tenu promesse : à 22 heures 15, la Guzzi s'arrêta devant l'auberge de *L'Épi d'Or.* Gabelou et son compagnon ôtèrent leur casque et se dirigèrent vers l'entrée. Un civil du S.R.P.J. d'Amiens se tenait devant la porte. L'arrivée du commissaire ne passa pas inaperçue. Tout Attencourt, les jeunes, les vieux et les chiens, se tenait sur la place de l'église pour ne rien perdre du spectacle ! Aline, l'amie de Cynthia, était bien sûr au premier rang.

Gabelou pénétra dans la grande salle. Il alluma la lumière et observa le mobilier. Le jeune inspecteur saisit un menu sur une table, en détailla le contenu tout en faisant des commentaires ponctués de sifflements élogieux. Gabelou jeta un œil sur la carte des vins et hocha la tête. L'inspecteur avait raison, cela valait le détour.

Gabelou poussa la porte à double battant qui menait à la cuisine et se dirigea vers un énorme frigo. Il se pencha pour fouiller.

— T'as pas un creux, toi ? murmura-t-il.

L'inspecteur eut un sourire évocateur. Gabelou

s'empara d'une poêle et prépara une omelette aux morilles. L'inspecteur dressa le couvert, disposant sur une table – située près de la cheminée – une bouteille de juliénas, deux grosses tranches de pâté en croûte, deux parts de fromage d'Époisses et une corbeille de fruits. Ils s'assirent et entamèrent leur repas, silencieusement. Le civil du S.R.P.J. d'Amiens avait déjà dîné, il prépara un café.

— À votre avis, lui demanda Gabelou, c'est encore une heure possible pour déranger les honnêtes gens ?

Le civil hocha affirmativement la tête.

— À quelle banque ils étaient ? reprit Gabelou.

— Au Crédit Picard, une filiale de l'Agricole du même nom.

— L'agence est à Attencourt ?

— Ouais, le directeur habite le village ! Je vais le chercher ?

Tandis que le civil disparaissait sur le perron, Gabelou servit deux verres de fine. Dix minutes plus tard, un homme jeune vêtu d'un costume de velours et portant une mallette entra dans la salle, déclara s'appeler Guillaume Favier et être le directeur de l'agence attencourtoise du Crédit Picard. Gabelou le fit asseoir et lui offrit une fine.

— Bon, lui dit-il, le secret bancaire et tout, je connais. C'est au juge d'instruction que vous aurez à répondre en dernière instance. Mais en attendant, soit vous me rendez service, soit non, mais alors il faut me le dire tout de suite. De toute façon, j'aurai le témoignage du professeur Planet, l'ex-beau-père du docteur

Morier ; il m'a raconté en gros, sans entrer dans les détails. Et justement, les détails, j'aimerais les connaître tout de suite. Je parle en l'air, si ça se trouve... Vous avez écouté la télé, alors vous voyez le topo ? Vous me racontez, ou je passe à quelqu'un d'autre ?

Impressionné, Favier sortit un dossier de sa mallette et le déposa sur la table, écartant tasses et verres. Il y avait une foule de papiers, des factures, des relevés de comptes, des lettres.

— Jusqu'en 79, le compte n'a pas d'histoires, expliqua-t-il. Avec le restaurant pour routiers, il y a environ trente mille francs qui passent dans la caisse tous les mois. Chiffre d'affaires brut. Pas de quoi pavoiser. La maison, la raison sociale si vous préférez, est au nom de Sartan. Elisabeth Sartan. Elle, donc, pas lui. Et puis, c'est en 79 que ça change. Jusque-là les bénéfices du restaurant sont maigres, ils vivaient à trois, là-dessus. Et en 79, les chèques arrivent, un tous les mois, il y en aura neuf. Au total, on arrive presque à un million cinq. Ce qui modifie brusquement la donne. Mme Sartan et son mari, enfin, son compagnon, Grésard, se sont lancés dans des travaux... Le petit routier est devenu une auberge beaucoup plus chic ! Il n'y en a pas beaucoup, dans les environs !

Gabelou examina d'un œil distrait les coupures de papier jauni présentées par son interlocuteur. Celui-ci fouina dans sa mallette pour en extirper de nouveaux documents et continua son exposé.

— Au fil des mois, les chèques, enfin, leur montant passait intégralement dans la poche des entrepreneurs.

Voilà celui de l'entreprise de maçonnerie pour le gros œuvre, la plomberie, et ça, c'est le mobilier…

Favier désigna les tables de chêne, le vaisselier énorme, les buffets disposés aux quatre coins de la vaste salle.

— Rien que pour les meubles, reprit-il, il y en a pour presque cent cinquante mille francs, ils n'y sont pas allés avec le dos de la cuiller ! Tenez, voilà encore trente mille francs pour un taxidermiste d'Amiens ! Trois têtes de sangliers, quatre massacres de cerfs. L'auberge était terminée, équipée de neuf, tenez, encore deux cent mille francs, rien que pour la chambre froide, du matériel dernier cri.

— Oui, et ensuite, que se passe-t-il ? demanda nerveusement Gabelou.

— Ensuite ? Eh bien ensuite, les ennuis commencent ! annonça Favier, d'un air lugubre. Grésard et sa compagne n'étaient pas habitués à une gestion complexe, et surtout, surtout, ils n'avaient pas de clientèle régulière. Implanter une telle auberge dans un trou comme Attencourt, c'était un peu risqué… Au bord de la mer, je ne dis pas, mais ici ? Il ne venait pas grand monde. On vous a raconté le coup que la gamine leur a fait, l'an dernier, au banquet de la Chambre des Métiers ? Des tuiles pareilles, on ne s'en remet pas, ça vous fout une réputation en l'air en moins de deux !

— Et vous-même, s'enquit Gabelou, vous n'avez pas essayé de les mettre en garde ?

— Ce n'est pas mon rôle, balbutia Favier, gêné. À la fin, quand tout a été dépensé, et que le chiffre d'affaires ne décollait pas, j'ai tiré la sonnette d'alarme, mais ils ne voulaient rien entendre ! Ils avaient vu grand, beaucoup trop grand, du coup, ils étaient coincés.

Gabelou demanda à Favier si quelqu'un qui avait assisté au fameux banquet habitait Attencourt. La réponse était positive.

— Le patron de l'usine de robinetterie, annonça Favier.

Gabelou l'envoya chercher, et invita Favier à poursuivre.

— Enfin, bref, les dettes s'accumulaient, reprit-il, ils avaient dépassé les devis, ils se sont fait plumer par les entrepreneurs, ils étaient trop pressés d'avoir leur jouet, pensez donc ! Ils avaient plus de trois cent mille francs de traites sur le dos, sans aucune perspective de bénéfices rapides. Pour eux, c'était énorme. Je suis venu les voir, il y a quelques jours. Je les connaissais bien, surtout lui, Grésard. Je leur ai montré l'état des comptes, et je les ai avertis qu'il allait y avoir une mise en recouvrement de la dette, avec huissier et tout le tremblement. Ils ont paniqué, mais Grésard m'a assuré qu'il fallait lui faire confiance, lui octroyer un délai. Il m'a juré qu'il allait régler ça dans le mois ! Voilà, c'est comme ça qu'on en est arrivé là !

Gabelou congédia Favier en songeant qu'il ne savait pas, précisément, comment, au juste, on en « était arrivé là ». Comment, c'était la question. Quelques minutes plus tard, le patron de l'usine de robinetterie, un certain Cauchard, fit son entrée dans l'auberge. C'était un petit homme replet, vêtu d'un costume de flanelle, très mécontent qu'on soit venu le déranger en pleine partie d'échecs. Gabelou le toisa sans aménité.

— Gabelou, divisionnaire à la PJ, annonça-t-il sans plus de fioritures.

— Gabelou ? répéta Cauchard, avec un sourire.

— Oui, je sais, Gabelou, exactement comme les gabelous de la gabelle, je dois avoir un ancêtre... Racontez-moi le banquet de la Chambre des Métiers !

Cauchard narra la mémorable soirée. Il décrivit Cynthia, barbouillée du sang de ses règles, et de ses excréments, faisant irruption au sein de la *party* qui réunissait le gratin d'Attencourt et des environs.

— Ils l'ont frappée, après ? demanda Gabelou.

— Heu, je n'ai pas vu. Lui, il l'a traînée hors de notre vue, et elle nettoyait par terre. C'était souillé ! Voyez-vous, le carrelage était souillé...

Gabelou, d'un mouvement du menton, signifia à Cauchard que sa présence n'était plus indispensable. Le notable s'éclipsa. Le commissaire se resservit une rasade de fine et prit quelques notes sur un petit cahier d'écolier tiré de la veste de chasse qu'il avait portée pour faire le voyage à moto.

— T'as trop bu, demanda-t-il au jeune inspecteur qui l'accompagnait, ou tu peux encore piloter ton monstre ?

— On retourne à Paris ?

— Non, rassure-toi ! Je l'ai fait mettre en garde à vue à Amiens, et j'aimerais bien lui rendre visite.

Il était près de minuit et demi quand la Guzzi pénétra en pétaradant dans la cour de l'Hôtel de Police d'Amiens. Gabelou grimpa au deuxième étage, dans les locaux du S.R.P.J. Elisabeth Sartan attendait dans une cellule destinée à la garde à vue, avachie sur un banc.

C'était une grosse femme sans grâce, au corps fané.

Elle était vêtue d'une robe à fleurs bon marché. Les mollets couverts de varices imposantes, les ongles des mains rongés et la peau crevassée, témoignaient d'années d'un travail ingrat, épuisant. Elle avait le regard au-delà de la tristesse et de l'humilité, un regard de chien battu. Gabelou l'imagina dans le cadre tape-à-l'œil de l'auberge et haussa les épaules. Lorsqu'elle vit le commissaire prendre place à ses côtés, elle fondit en larmes. Gabelou dut attendre que ses sanglots se fussent taris pour pouvoir lui parler.

— Madame Sartan, rassurez-vous, vous êtes hors de cause, puisqu'il y a au moins vingt témoins pouvant affirmer que vous étiez dans votre auberge, ce soir-là… Vous avez rencontré le docteur Morier récemment, n'est-ce pas ?

En reniflant à grand bruit, la mère de Cynthia avoua avoir vu le médecin quelques jours auparavant dans une brasserie, le Thermomètre, place de la République à Paris. Elle avait pris le car d'Attencourt jusqu'à Abbeville, puis le train, jusqu'à la gare du Nord, uniquement pour rencontrer Morier.

— Moi, je voulais pas ! criait-elle. C'est lui, y m'a forcée à aller voir le docteur ! D'abord à lui téléphoner, ensuite, à aller voir Morier, là-bas, à Paris ! J'y ai téléphoné plusieurs fois. Ah oui ! On pouvait pas y causer, chez lui, au docteur, y avait un truc, là, un appareil…

— Un répondeur ? nota Gabelou.

— Oui, alors, c'est à l'Institut, qu'y fallait y causer ! Y voulaient pas nous le passer, au standard, y fallait dire que c'était grave ! Moi, je voulais pas, ce sera écrit, hein, que je voulais pas ? C'est lui, y me forçait !

Elle était essoufflée. Gabelou l'encouragea à se calmer. Elle lui faisait tellement pitié qu'il eut honte de la tourmenter ainsi.

— Et pis, j'l'ai vu, Morier, dans le café, à Paris ! reprit-elle d'une voix plus sereine. Le docteur ! J'y ai dit tout qu'est-ce que j'devais y dire, et y m'a dit qu'y voulait plus, le docteur, que c'était fini, qu'y voulait plus ! Alors j'suis rentrée à Attencourt, et j'y ai tout raconté, à l'autre. Alors, y s'est mis en route, et y a téléphoné lui-même, à Morier ! Y a dit qu'il y donnait trois ou quatre jours pour réfléchir et qu'après, il y viendrait, à l'Institut !

Gabelou sortit dans le couloir et prit deux cafés dans des gobelets en plastique au distributeur automatique. Il en offrit un à la pauvre femme et attendit quelques minutes, avant de reprendre l'interrogatoire.

— Et lui, Grésard, quand l'avez-vous connu ?

— C'était à Amiens, je faisais des courses. Cynthia était toute petiote, et puis voilà, quoi, on s'est mis en ménage et on a ouvert le routier ! L'auberge, on n'aurait jamais dû... mais c'est trop tard pour regretter !

— Et le père de Cynthia ?

— Il est mort deux ans plus tôt, dans un accident d'auto, à la sortie d'Attencourt.

Gabelou jugea préférable d'interrompre la conversation. Il demanda qu'un inspecteur du S.R.P.J. raccompagne Mme Sartan à Attencourt. Il ne servait à rien de prolonger sa garde à vue. Puis il partit se coucher lui aussi. Il avait fait réserver une chambre d'hôtel, au centre d'Amiens. Demain, il lui faudrait faire céder Isabelle ou Alain, il ne savait pas encore lequel des deux.

IV

Le 10 juillet, vers 15 heures, les enfants de l'Institut partirent faire une promenade au bois de Vincennes. Cynthia resta seule. Elle avait pris le repas de midi en leur compagnie. Au dessert, elle avait écouté la conversation des éducatrices.

— Ras le bol, soupira la responsable, plus que deux jours et c'est le week-end du 14. C'est pas trop tôt !

Elles avaient des projets de départ. Celle qui devait assurer la permanence du dimanche se promettait de se rattraper pour le pont du 15 août. Les couloirs de l'Institut étaient déserts. Les éducatrices emmenèrent les enfants en promenade, après avoir prévenu l'employé de l'accueil de la présence de Cynthia dans les locaux. Cynthia regarda le groupe s'éloigner vers la sortie de l'hôpital.

« Pourvu que le bureau de la psychologue soit ouvert, pourvu ! » se dit-elle en retenant son souffle.

L'employé de l'accueil la vit pousser la manette de son fauteuil électrique et remonter le long couloir. Cynthia arriva au pavillon C, tout au bout. Elle tourna à droite, s'arrêta devant une porte sur laquelle était inscrit le mot « Psychologue ». Elle leva sa main gauche pour pousser le pêne ; elle rit parce que la porte s'ouvrit du premier coup. La psychologue était un peu distraite et avait oublié de fermer, comme d'habitude. Cynthia contourna le bureau et tira le premier tiroir. Qui résista. Mais elle savait où était cachée la clef. Elle avait souvent vu la psychologue la dissimuler parmi les personnages miniatures – de minuscules geishas de porcelaine, en robes chamarrées – qui décoraient un jardin japonais, sur le rebord de la fenêtre, dans un pot en terre cuite… Quand elle rendait visite à la psychologue, Cynthia passait de longs moments à rêver devant ce jardin. Elle imaginait des voyages, des aventures. Puis elle pleurait. Sans que la psychologue ne comprenne pourquoi. C'était elle qui avait accueilli Cynthia à l'Institut, deux ans auparavant.

— J'ai fait un bilan, des tests, cette gosse est débile, avait-elle expliqué aux membres de l'équipe soignante. Elle a un quotient intellectuel de moins de 30.

Sur la feuille de tests, elle avait inscrit, au marqueur bleu, en grosses lettres : *Cynthia Sartan. Q. I. : 30.* Il s'agissait là d'un diagnostic définitif, irréfutable, que personne ne s'avisa de contester. Cynthia avait consciencieusement saboté tous les tests qu'on lui avait proposés.

À présent, Cynthia tenait la petite clef dans sa main valide. Elle la fit tourner dans la serrure. Le tiroir s'ouvrit. Le magnétophone était là. Il fonctionnait avec des piles. Cynthia poussa le bouton *on.* Un petit voyant rouge s'alluma, Cynthia poussa le bouton *off* : plus de voyant rouge. Cynthia fit rouler son fauteuil jusqu'à la chambre de Marcel le débile. Elle y déroba une cassette de Chantal Goya. Puis elle revint dans le bureau de la psychologue. Elle enclencha la cassette et fit un essai. *C'est un trou de verdure où chante une rivière, accrochant follement aux herbes des haillons, où le soleil, de la montagne fière…*

« Voilà, ça suffira pour l'essai », se dit-elle.

Elle écouta. Et ne put contenir ses larmes. Elle pensait que sa voix était restée plus compréhensible, mais depuis deux ans elle n'avait parlé à personne, sauf à l'arbre sous lequel elle faisait son exercice. Dans sa tête, avec la résonance, sa voix, la voix de Cynthia, était plus claire.

— Pleure pas ma vieille ! s'écria-t-elle en maîtrisant sa respiration, ses sanglots.

Alors elle parla en tenant le micro du magnétophone devant sa bouche. Elle expliqua qu'il s'appelait Alain Fornat, qu'il l'avait violée, une trentaine de fois, elle avait compté, pendant la semaine !

— C'est Cynthia Sartan qui parle ! répéta-t-elle à intervalles réguliers, pour qu'il n'y ait aucun doute.

Elle donna des détails sur sa vie, sur Attencourt, des détails qu'elle était seule à connaître, avec sa mère. Elle répéta qu'il s'appelait Alain, qu'il avait une cicatrice à l'aine, juste au-dessus du zizi.

— Vous pourrez vérifier ! Vous voyez que je ne mens pas ! conclut-elle.

Puis elle enfonça la touche marche arrière et écouta la bande.

— … où le soleil, de la montagne fière, il s'appelle Alain, il m'a violée, c'est Cynthia Sartan qui parle, je suis née à Attencourt…

Elle se sentit rassurée. Sa voix n'était pas belle, mais on comprenait tout ce qu'elle avait dit. Elle alla jusqu'à la fin de la bande, à nouveau, et elle ajouta quelques mots. Elle expliqua qu'on pourrait vérifier qu'elle n'était plus vierge, alors que quelques mois plus tôt, la doctoresse du pavillon C s'était assurée du contraire, le jour où le débile

Marcel l'avait tripotée sous sa culotte. Elle écouta de nouveau, puis éjecta la cassette qu'elle posa délicatement sur le plateau du bureau. Elle rangea le magnétophone, referma le tiroir, reposa la clef dans le pot de terre. Après quoi, elle glissa la cassette dans son pantalon de survêtement. Aujourd'hui elle portait le Lacoste bleu. Elle sortit du bureau puis tira silencieusement la porte. Dans l'infirmerie, elle prit un petit sac de plastique et enfouit la cassette à l'intérieur. À présent, il lui fallait la cacher.

Alain

C'était le 10 au soir. Je la baisais tous les soirs, depuis une semaine. Je la retournais le plus souvent sur le côté, je plaquais ma queue contre ses fesses et je l'enfilais par-derrière. Je me cachais dans la salle de bains, c'était pratique, avec la lumière éteinte, juste ma lampe de poche, c'était discret.

Quand j'ai eu fini de la baiser, ce soir-là, je lui ai mis sa chemise de nuit, j'ai rangé les peignoirs et les serviettes que je plaçais par terre, j'ai ramassé les capotes que j'avais utilisées et je les ai mises dans ma poche, enroulées dans mon mouchoir.

Je l'ai portée jusqu'à sa chambre, dans son lit, et je suis retourné chercher le fauteuil. C'est quand je suis revenu dans sa chambre que l'enfer a commencé pour moi.

« Alain », c'est le premier mot qu'elle a dit, ensuite, « ne crie pas, je t'en prie, ne crie pas, ou moi je hurle, je peux hurler très fort, on m'entendra du A, et Maria viendra ». Elle parlait horriblement mal, en écorchant les mots, en bavant, mais elle parlait !

Je n'avais même pas envie de crier, j'ai failli m'évanouir. Elle m'a dit de m'asseoir sur le lit. « Ne tente rien contre moi, j'ai enregistré une cassette où je raconte tout, tout ce que tu m'as fait. » J'ai pleuré.

Sa voix a été terrible. Elle m'a ordonné d'arrêter, sinon, elle hurlait. Je me suis calmé. J'ai demandé où était la cassette. Elle l'avait cachée dans un endroit où on la retrouverait un jour, si je tentais de la tuer, on la retrouverait, la cassette, et alors là, je serais foutu.

« Alain, est-ce que tu as bien compris ? » Je lui ai répondu qu'elle n'avait pas de preuve. Elle m'a affirmé le contraire ; il y a trois mois, elle avait subi un examen prouvant qu'elle était bien vierge, que Marcel le débile l'avait tripotée, sans toutefois la déflorer. « Tu as une petite cicatrice au-dessus du zizi, dans l'aine, à droite... » a-t-elle ajouté. C'est exact, ça date de mon enfance, c'est un ganglion que ma mère m'avait fait enlever, à l'hôpital Trousseau.

J'ai compris que j'étais foutu. Je lui ai demandé à quoi ça lui servait de me faire ça, et pourquoi elle jouait la débile avec les autres. Elle m'a dit qu'elle allait tout m'expliquer, et ce qu'elle attendait de moi.

Elle voulait que je tue le docteur Morier.

*

Et Cynthia lui raconta. Elle n'avait pas toujours été comme ça, infirme. Avant, c'était une gamine comme les autres. Heureuse.

— C'est quand j'ai commencé à grandir, expliqua-t-elle. J'allais au C.E.S., à Attencourt, je suis née là-bas, dans la Somme. C'est pas beau, Attencourt, mais j'étais pas malheureuse, même si mes parents avaient pas beaucoup de sous. Non, ils n'étaient pas riches. Tu sais, Alain, c'est pas mes deux vrais parents.

Alain apprit que son papa était mort quand elle était toute petite, et que le salaud était arrivé deux ans plus tard. Alain écoutait, tétanisé.

— C'est quand j'ai grandi que c'est arrivé. On ne sait pas ce que c'est, tu sais, mes vertèbres, dans le dos, elles étaient pas assez fortes !

Le docteur avait expliqué à Mme Sartan que les ligaments vertébraux n'étaient pas assez solides. Il n'y avait aucune raison de s'affoler. On verrait quand elle serait plus grande, en attendant, il ne fallait pas qu'elle porte de cartable, il ne fallait pas qu'elle fasse de mobylette.

— Y avait toute une série de « fallait pas », mon pauvre Alain, si tu savais…

Cynthia raconta ensuite les séances de rééducation à l'hôpital d'Amiens, tous les mercredis.

— La mobylette, j'en faisais quand même, tu sais, Alain. J'allais à la mer, tu aimes ça, toi, la mer ? Moi, j'aime bien ! Et puis un jour, le salaud de ma sale conne de mère m'a amenée à la consultation des spécialistes, à l'hôpital d'Amiens. Il y avait plein de docteurs qui me regardaient mon dos, tu sais, Alain, vraiment plein. Dans les docteurs, il y avait l'ordure, Morier.

Cynthia fit une pause. Elle n'était plus habituée à parler si longtemps, malgré son exercice quotidien, sous le marronnier du parc. Elle demanda un verre d'eau. Alain la fit boire en lui tenant la tête droite. Elle perçut le tremblement de ses mains, contre sa nuque. Ayant épanché sa soif, elle reprit son récit.

— Le salaud de ma sale conne de mère regardait les docteurs, assis en rond, et moi au milieu. Les médecins disaient qu'il fallait attendre. Je me suis rhabillée quand la consultation a été finie ; je me suis retrouvée seule, dans la petite cabine. Morier a parlé avec le salaud de ma conne de mère. Il lui a donné un carton pour dire qu'on vienne le voir dans sa clinique à lui. On y est allés.

Elle les décrivit, dans le cabinet de Morier, avec son jargon chargé de haine : le salaud, la sale conne de mère, et elle, Cynthia.

— Il faut opérer, et d'urgence ! affirma gravement Morier, en opposition avec ses confrères. Si on n'opère pas, dans quelque temps, ce sera très grave, il y aura des complications respiratoires. Le développement de la cage thoracique risque d'être affecté.

— C'est quoi, l'opération ? demanda le « salaud ».

Morier expliqua qu'il fixerait une grande plaque, le long des vertèbres, une plaque vissée dans l'os, pour effectuer le travail de maintien que les ligaments ne parvenaient plus à assurer.

La tête penchée de côté, Cynthia observait Alain qui secouait doucement la tête, épouvanté par ce récit. Il la supplia d'arrêter. Elle refusa de se taire.

— Ça fait deux ans que j'ai parlé à personne ! s'écria-t-elle. Je les déteste ! Tous ! Mais toi je t'aime bien, mon petit Alain ! Alors écoute jusqu'au bout ! Morier a dit au salaud de ma sale conne de mère : « Voyez-vous, tout se passe comme si ces ligaments ne travaillaient pas, il faut les remplacer ! » Alors moi, j'ai demandé si j'allais garder la plaque toute ma vie, tu vois, je ne voulais pas ! Morier a rigolé en disant : « Elle est mignonne, mais non, juste quelques années et après quand tu seras grande, quand tes vertèbres seront guéries, j'enlèverai la plaque. »

Tu comprends maintenant, Alain ? C'est comme ça que tout est arrivé !

*

À l'instant même où, le 10 juillet au soir, Cynthia se confiait à Alain, à quelques dizaines de mètres, le docteur Morier travaillait dans son bureau. Le commissaire Gabelou ne se verrait attribuer l'enquête que le 13 au matin. Ce fut le soir du 12 qu'on découvrit les trois cadavres…

Tandis que Cynthia dévidait l'écheveau de ses souvenirs, Morier corrigeait pour la énième fois le texte de son allocution pour le congrès de pédiatrie de Zurich. Il devait prononcer son allocution durant l'après-midi du 13. Il partirait le 12 au soir, par le vol d'Air France n° 5435. Il fallait se présenter à l'embarquement à minuit. Il avait déjà réservé une chambre au Hilton de Zurich. L'hôtesse, au guichet d'Air France, souligna qu'il devrait enregistrer ses bagages une heure plus tôt, soit à 23 heures.

Morier, confiant, pensait que sa communication au Congrès serait très remarquée. On se rendrait compte de l'énorme travail que cela représentait. Il maîtrisait son sujet comme aucun autre spécialiste. Morier était un peu euphorique, persuadé que, cette fois, il avait véritablement remonté la pente.

Cynthia

Alain m'écoutait, tout près de moi, malheureux. Quand je l'ai appelé Alain, la première fois, il a compris que j'étais pas débile, il l'a bien vu tout de suite. Je lui ai raconté mon histoire avec Morier. Je me rappelle, quand je suis arrivée dans la salle d'opération, ils m'avaient mise toute nue. Morier m'a caressé la joue. Ils étaient que trois. Morier, celui qui m'a fait la piqûre et l'infirmière. C'est l'infirmière, qui a bien voulu témoigner, après, mais le salaud de ma sale conne de mère a pas voulu!

On m'a fait la piqûre dans mon bras. Je me suis endormie en moins de trois secondes. La clinique, elle était à Morier, c'était lui le patron. C'était le caïd, là-dedans. Il était pas comme maintenant, il roulait ses mécaniques. Quand je me suis réveillée, tout doucement, j'ai pas bien compris. J'ai ouvert les yeux, mais je voyais pas bien. Et ça a duré drôlement longtemps. J'avais des tubes partout, un truc avec du gaz qui m'arrivait dans le nez, et un gros tuyau qui me descendait dans la gorge.

Y avait une infirmière qui gardait ma chambre. Quand j'ai ouvert les yeux, elle a crié, crié fort. Elle hurlait : « Ça y est, elle se réveille! » Morier est venu, je le voyais, il a rigolé. Il était soulagé que je sois encore vivante, l'ordure!

Le tube, ils me l'ont enlevé plus tard, celui dans la

bouche. Et j'avais un truc dans la gorge, par où je respirais, ça faisait un bruit de sifflet. C'était en métal, avec de la gaze blanche. J'avais peur, je pouvais pas parler, ça faisait un bruit dégueulasse, comme quand le père Ludut, un clochard d'Attencourt, il a eu son cancer à la gorge.

Morier

J'ai quitté l'Institut tard, ce soir. Nous sommes le 10. Dans deux jours, je pars à Zurich. J'aurai la journée de demain pour décompresser. Je suis de garde à l'internat, mais ce n'est pas grave. Je ne me suis pas senti si bien depuis longtemps. Depuis deux ans. Je me suis sorti du bourbier. Moralement, tout d'abord, et j'espère, bientôt, professionnellement. Tout à l'heure, j'ai repensé à tout cela. À Cynthia. Tout a duré dix minutes, en fait. J'avais fini de poser la plaque sur ses vertèbres dorsales. Le pire, c'est que ça fonctionne, cette plaque. Elle se tient droite ! Sa tête pend lamentablement, mais son dos est bien droit...

Dix minutes, son cœur a lâché durant dix minutes. L'anesthésiste était parti. Le pauvre gars, il travaillait depuis plus de vingt heures d'affilée. Il était épuisé. J'avais opéré la gosse pendant quatre heures. Et le cœur a lâché à la fin.

J'ai paniqué comme un fou. Je me sentais coupable. Il n'y avait qu'un anesthésiste à la clinique. Un seul pour les deux blocs opératoires. Il y avait eu des problèmes, au conseil d'administration, à ce sujet. J'avais bloqué la création d'un second poste dans le budget prévisionnel. Il y avait eu des oppositions. Je leur avais démontré qu'avec un bon planning, un seul anesthésiste pouvait très bien assurer le service des deux blocs.

De toute façon, ils n'avaient qu'à se taire, je détenais 50 % des parts, et Isabelle 10 %, à son nom, je pouvais faire la loi. J'ai dit non, il n'y aura pas de deuxième anesthésiste. Il n'y en a pas eu!

J'avais presque fini d'opérer Cynthia, je recousais. J'ai dit au type : « Allez-y, rentrez chez vous, vous êtes crevé. Je vais rester. » Il a insisté pour rester. Je lui ai demandé si quelque chose clochait, si la gamine n'avait pas un pouls normal. Il m'a dit : « Si, tout va bien, mais on ne sait jamais. » J'étais énervé. J'ai insisté : « Mais enfin, vous voyez bien que c'est terminé, je recouds, partez, ce n'est pas la première fois que cela se produit, non? » Il s'est incliné, il est sorti.

Le cœur de la gamine a lâché cinq minutes plus tard. Je l'ai ranimée en la massant. Plus le temps passait, plus je savais qu'il y aurait des dégâts, qu'elle n'en sortirait pas intacte. Mais je ne pouvais pas la laisser mourir, le scandale aurait été encore plus grand. Le cerveau en a pris un coup, les zones motrices, et le reste aussi. Elle s'est réveillée au bout de trois mois, grabataire et totalement débile.

Cynthia

Tu vois, Alain, quand j'ai vu que je ne pourrais plus jamais marcher, quand j'ai vu que je bavais, que mon bras tremblait sans arrêt et que le gauche était crispé, j'ai plus voulu parler à personne. Même quand ils m'ont enlevé le truc dans la gorge, une canule ils appellent ça, j'ai plus voulu parler, jamais, à personne. T'es le premier.

Ma sale conne de mère est venue, avec son salaud, voir Morier, pour savoir. J'étais là, moi aussi, ils m'avaient mise dans un coin du bureau de Morier, sur un fauteuil. Ils parlaient, ils croyaient que je comprenais rien.

Morier

Ses parents, des gens très frustes, ont été catastrophés par les résultats de l'opération. J'ai mis plusieurs heures à les convaincre de ne pas porter plainte.

Je connaissais beaucoup de monde, à Amiens. J'ai pu enrayer les vagues du scandale. J'ai vendu mes parts de la clinique. Il y en avait pour près de quatre millions. Isabelle a conservé les siennes, elles étaient à son nom. J'ai appris que l'infirmière qui avait assisté à l'opération s'était proposée comme témoin auprès des parents, en cas de procès. Il fallait éviter ça à tout prix. Quelques jours après la sortie de la gamine de la clinique, je suis allé les voir, chez eux, à Attencourt. Ils tenaient un petit restaurant, un relais pour routiers, très modeste, assez délabré, pour tout dire. Ils ont fermé le rideau et nous avons discuté…

Cynthia

Le salaud de ma mère était installé à une table, juste en face de Morier. Ma sale conne de mère a presque pas ouvert la bouche, c'est que le salaud et Morier qu'ont parlé. Moi, j'étais dans un coin, à baver dans mon fauteuil, j'en perdais pas une. Morier a dit qu'il ne fallait pas accepter le témoignage de l'infirmière, qu'un procès serait interminable et coûteux. Petit à petit, il leur a amené le truc. Il leur a dit qu'il leur donnerait de l'argent. Beaucoup d'argent, pourvu qu'ils portent pas plainte. Et pourvu qu'ils lui signent un papier disant qu'ils l'emmerderaient plus. Ma sale conne de mère a secoué la tête en pleurnichant que c'était pas bien propre, tout ça.

Morier

Quand je leur ai proposé de l'argent, la mère s'est tout d'abord rebiffée. J'ai alors cru que c'était fichu. Mais dans ses yeux à lui, dans son regard soudain devenu vif, j'ai compris que j'avais gagné. Il a demandé combien. J'ai proposé un million cinq. Pour qu'ils se taisent. C'était au-delà de tout ce que ces pauvres gens pouvaient imaginer. Ils ont accepté et m'ont signé un papier. Ce papier ne représentait rien. C'était un bluff sans valeur, mais, à leurs yeux, c'était différent. J'ai versé l'argent, un chèque par mois. Pour acheter encore plus leur silence, je leur ai promis de trouver un centre pour accueillir la gamine, un endroit où elle ne les gênerait pas. Planet, mon beau-père, venait juste de me proposer un poste d'assistant à l'Institut. Je lui ai demandé de toucher un mot à propos de la petite au médecin du pavillon C. Cliniquement, Cynthia présentait un tableau assez proche des Infirmes moteurs cérébraux qu'on reçoit d'ordinaire dans ce service. Un mois plus tard, Cynthia entrait à l'Institut. Les parents m'ont remercié.

Planet ne me méprise pas. Il estime que j'étais un excellent chirurgien, que je suis un bon médecin. Un accident peut toujours arriver. Il m'a considérablement aidé dans la préparation de mon livre. Lorsque Isabelle m'a quitté, il l'a désapprouvée. Il m'a confié qu'il n'avait jamais véritablement aimé sa fille. Isabelle a été très marquée par tout cela. Aussitôt après la catastrophe, tous nos amis se sont mis à me fuir, je puais le scandale. Isabelle m'a quitté en me disant que j'étais fini ; ça m'a fait de la peine, beaucoup de peine, de devoir me séparer de mes enfants, mais elle ne m'a pas laissé le choix, elle est partie avec eux. Aujourd'hui, elle s'est réinstallée dans notre appartement de la rue de Grenelle. Elle me fait énormément souffrir, mais je crois que je l'aime toujours.

Cynthia

Morier l'ordure s'est débrouillé pour me faire entrer à l'Institut. Je suis retournée à Attencourt qu'un an plus tard, aux vacances de juillet. Quand j'ai vu ce qu'ils avaient fait avec le fric que leur avait filé Morier, le restaurant, le luxe et tout, le salaud et ma sale conne de mère, je leur ai bien cassé la baraque.

Mais maintenant Alain va tuer Morier. Et je suis pas méchante avec lui, parce que j'ai trouvé un bon moyen. Au début, je me demandais comment je m'y prendrais, comment, comment ? Parce que je suis infirme, je pourrai pas le tuer avec mes mains. Alors c'est mon petit Alain qui va le tuer. Et avec mon moyen, il va jamais se faire prendre !

COMMENT

I

Le 16 juillet au matin, le commissaire Gabelou se leva de bonne heure. Il avait très mal dormi dans cet hôtel d'Amiens où il avait passé la nuit après avoir interrogé Mme Sartan, la mère de Cynthia, la veille au soir.

Il était à peine 7 heures et demie lorsque la Guzzi, toujours pilotée par le jeune inspecteur, s'engagea sur la bretelle de l'autoroute, à la sortie de la ville. Une heure et demie plus tard, le commissaire ôtait son casque en posant pied à terre sur le parvis de la bâtisse noirâtre de l'Institut médico-légal, quai de la Rapée, à Paris.

— Toi, tu fonces à mon bureau et tu me prépares la mère Morier et son gigolo ! dit-il à l'inspecteur qui pilotait la moto. Tu les installes sans les quitter et tu les laisses mijoter, qu'ils soient bien mûrs quand j'arriverai, d'accord ?

L'inspecteur acquiesça avant d'embrayer. Gabelou pénétrait déjà dans la morgue. Il descendit jusqu'au premier sous-sol où étaient entreposés les trois cadavres. Il eut un haut-le-cœur à la vue de ces corps mutilés. Le médecin responsable de l'autopsie discutait avec deux de ses assistants. Ils avaient le visage creusé par la fatigue d'une nuit de veille. Gabelou leur serra la main.

— J'ai travaillé toute la nuit, commissaire… marmonna le légiste.

Au ton empreint de lassitude, Gabelou comprit que les résultats seraient maigres. Il s'assit sur un tabouret pour écouter.

— Pour celui-ci, je ne peux rien vous dire, annonça le médecin.

Il désignait le cadavre allongé sur la table centrale. Le corps portait une étiquette au poignet, et ainsi Gabelou put-il l'identifier. Il s'agissait de Morier.

— En ce qui concerne l'autre, poursuivit le légiste, on a pratiqué une prise de sang dans la jambe droite, une des rares parties du corps épargnées… Éloquent. Trois grammes d'alcool. Une dose à achever le poivrot le plus endurci ! Il a dû se saouler, peut-être pour se donner du courage ? Hein ?

Gabelou se tourna vers le second cadavre, totalement méconnaissable. Il distingua vaguement la forme du visage, empâté, avec quelques lambeaux de chair intacts sur le cou, mais ne le reconnut pas. Il s'était pourtant fait remettre un jeu de photographies, plus ou moins récentes.

— Pouvez-vous au moins me dire lequel de ces deux-là est mort le premier ? insista Gabelou.

— Franchement, non. Aucun élément ne me permet

d'affirmer quoi que ce soit, même approximativement. Vous comprenez, il doit y avoir une différence de quelques minutes, à peine… Mais savoir si Morier est mort avant celui-ci ? Je ne peux rien certifier. Vous voyez dans quel état ils sont….

Gabelou se leva et arpenta la pièce. Il se tenait à présent devant le troisième cadavre. Il était dans un état encore plus pitoyable que les deux précédents. Le bassin et les jambes avaient été totalement broyés.

— Et celui-là ? demanda-t-il.

— C'est le même problème, quant au moment exact de la mort. Par rapport aux deux autres, je ne peux pas dire, avant, pendant, après ? D'habitude, on situe la chronologie en référence à l'état de décomposition, mais là ?

— Oui… Je comprends, concéda Gabelou, indulgent. Mais de toute façon, celui-là, on s'en fout !

— Oui, approuva le médecin, évidemment, celui-là, on s'en fout.

Gabelou salua le médecin, quitta la morgue et s'offrit un double cognac au café d'en face, malgré l'heure matinale. En dépit de sa répugnance coutumière pour le tabac, il fuma un gros Havane au comptoir afin de chasser de ses narines l'odeur infecte, un mélange de formol et de viande putréfiée, qui lui avait donné la nausée dès son entrée dans la salle d'autopsie.

Alain

Elle m'a parlé toute une partie de la nuit, jusqu'à 3 heures du matin. Elle m'a raconté son histoire. Plus elle parlait, plus elle bavait. Elle m'a dit que je tuerais Morier, comme si cela allait de soi. Que je le tuerais un soir où il travaillerait très tard, dans son bureau, à l'Institut. Elle dit que ça lui arrive de rester tard, souvent. Elle n'a pas tort, j'ai vu à plusieurs reprises le bureau du pavillon B allumé, lorsque j'arrivais le soir, vers 11 heures. À 3 heures et demie, elle s'est assoupie.

Je l'ai regardée. Elle s'était endormie sans méfiance. J'aurais pu la tuer, l'étrangler, ou l'étouffer sous un oreiller, mais il y aurait eu un minimum d'enquête et je me serais fait prendre. Je n'ai pas eu le courage. Et puis il y avait la cassette qu'elle me jurait avoir enregistrée ! Avant de la tuer, il fallait récupérer la cassette. C'était peut-être du bluff, la cassette, peut-être pas... Elle m'a expliqué la façon dont elle s'y est prise. J'ai vérifié, j'ai vu le magnéto dans le bureau de la psychologue.

Si je refuse de tuer Morier, elle va tout dire, ce sera terrible. Violer une infirme, ils diront que je suis fou, ils me mettront à l'hôpital psychiatrique ? Ou en prison ? Ma mère, sa réaction va être affreuse ; mon père me chassera, je vais devenir une loque. Les parents de la gosse, je ne les crains pas, c'est Cynthia elle-même qui me fait peur. Si je refuse, elle s'en moque, elle ira jusqu'au bout. Elle s'en fout, d'un procès, elle n'aurait pas peur d'avouer qu'elle voulait tuer Morier... Qu'est-ce qu'elle en a à faire, elle, de la prison ? C'est sa vie, qui est une prison !

Je ne vais quand même pas tuer Morier ! C'est une ordure, elle a raison. Je comprends maintenant pourquoi Isabelle l'a plaqué. Elle va me forcer à le tuer, il y aura une enquête, les flics m'interrogeront. Si je ne tue pas Morier, ce sera pire qu'une enquête, il n'y aura pas besoin d'enquête, elle leur dira que je l'ai baisée. Je vois déjà ma mère, chez les flics, ce n'est pas possible, ce n'est pas à moi que ça arrive ! C'est pas ma faute, si je suis malade. Il y en a qui payent des putes pour qu'elles les fouettent, je sais pas, moi, il y a des types qui font des trucs dingues, mais moi, ce que j'ai fait, ça paraîtra pire, parce que Cynthia ne pouvait pas se défendre, c'était plus sale, ils diront que c'était plus sale.

Elle n'a même pas l'air de m'en vouloir, Cynthia. Elle me fait chanter parce que je l'ai baisée, mais elle ne semble pas m'en tenir rigueur. Elle s'en fout. Elle a peut-être aimé ça, je n'ai pas osé lui demander. Elle a aimé ma queue. Elle était bien dure, ma queue, c'était la première fois. Ce n'est pas un crime ! Je ne vais pas bousiller ma vie parce que je me suis tapé une débile !

Je n'ai pas dormi, j'ai traîné toute la journée. J'ai marché dans les rues. Je suis rentré chez moi vers midi. Ma mère était à sa leçon d'équitation. Je me suis saoulé, à mort, au gin. J'ai vomi, puis dormi. Je suis ressorti dans la rue, j'ai marché encore. Il fallait que je trouve une solution.

Je suis rentré dans un restaurant, en bas de la rue de Grenelle ; il était 19 heures. J'ai mangé un morceau, j'ai beaucoup bu, encore. J'ai eu une idée. Il fallait que je voie Morier, que je lui raconte tout. Lui aussi avait intérêt à faire taire Cynthia. Et comment ! S'il apprend qu'elle n'est pas débile, qu'elle cherche un moyen de se venger, ça va lui faire tout drôle ! Si je refuse de le tuer, elle dira à tout le monde que je l'ai baisée, et elle s'attaquera à Morier, elle racontera ce que lui, médecin, lui a fait, dans quel état il l'a mise. Donc, Morier a intérêt à ce qu'elle se taise, à ce qu'elle meure, à ce que ce soit elle, qui meure... Et Morier saura trouver un truc médical pour la liquider en douceur, un cachet, je ne sais pas, quelque chose comme ça. Il faut que je rencontre Morier. Maintenant, je ris, la petite garce, elle croit me tenir, en fait, c'est moi qui la tiens.

Non, je ne la tiens pas. J'oubliais la cassette. C'est pour ça qu'elle l'a enregistrée. Elle a pensé que je pourrais avoir cette idée d'aller tout dire à Morier. Bon. Je ne suis pas obligé de parler de la cassette, à Morier.... Je lui explique que nous avons tous deux intérêt à tuer la gamine, et voilà. Mais si on retrouve un jour la cassette ? Je serai foutu.

On pourrait la faire parler pour la forcer à dire où elle a caché la cassette. La torturer. Moi, je ne pourrais pas. Mais Morier pourrait. Il pourrait sans doute torturer cette garce, je ne sais pas, il accepterait ?

Elle ne dira rien. Elle se moque de la mort, de la souffrance, de tout. Elle est déjà morte. J'ai entendu sa voix, lorsqu'elle parle de Morier. C'est affreux, vraiment affreux, elle bave, elle articule mal, mais je n'ai jamais entendu une voix comme celle-là. C'est au-delà de la haine. Il n'y a pas de mot. Elle me tient. Elle se fout de tout, de moi, ce qu'elle veut, c'est Morier, cracher sur son cadavre. Elle refusera de dire où elle a caché la bande. Je ne vais pas bousiller ma vie parce que j'ai baisé une infirme ! Je vais tuer Morier ?

Elle m'a dit comment le tuer. Elle a pensé à tout. Elle

a une idée, un plan. C'est une bonne idée. Les flics ne pourront rien contre moi, il n'y aura pas de preuve, si je lui obéis, si tout marche bien. Ils apprendront le lien qui relie Morier à Cynthia, et ils tomberont dans le piège. Des histoires comme celle-ci se sont déjà vues.

Ils m'interrogeront, ils essaieront de savoir, mais ils tomberont dans le piège. Je ne serai peut-être même pas suspecté sérieusement. Elle m'a bien tout expliqué. Elle m'a décrit par avance les réactions de la police, des gens de l'Institut. Elle a raison, son idée est plausible. Je vais tuer Morier ?

*

Le 10 juillet au soir, Cynthia se confia à Alain jusqu'à une heure avancée de la nuit. Épuisée, elle s'endormit enfin. Le lendemain, elle s'éveilla bien plus tard que d'habitude. Il était près de 10 heures. Ce ne fut pas Alain qui la leva et l'habilla, mais une des deux éducatrices de la journée.

Elle prit son petit déjeuner avec Marcel le débile, Marlène et les autres enfants. Puis elle les quitta, dans son fauteuil électrique. Elle se rendit au pavillon B afin de vérifier que Morier était dans son bureau. Mais il n'y était pas. Anxieuse, elle prit son poste sous la plaque commémorative de l'inauguration du centre, comme à son habitude.

— Alors, Cynthia? On se promène, c'est bien ça... murmura l'empoyé de l'accueil. Puis il continua la lecture de son journal.

Vers 11 heures, Morier arriva. Souriant et détendu. Il

serra la main de l'employé qui lui donna une pile de lettres. Il lança un coup d'œil dans la direction de Cynthia, craignant une de ces agressions stupides dont elle était coutumière, mais elle resta prostrée.

— Je ne passe qu'en coup de vent, quelques lettres à rédiger, expliqua Morier. Et vos vacances ?

— C'est pour demain ! répondit joyeusement l'employé. Et vous, docteur ?

— Dans deux jours. Le 13, je fais une conférence à Zurich et ensuite je suis libre…

— Je ne vous reverrai plus avant septembre, alors ?

— Mais si, demain matin ! rectifia Morier. Je ne serai pas là cet après-midi, mais si on m'appelle, vous pouvez dire que ce soir, je suis de garde à l'internat.

Cynthia vit Morier s'éloigner à grandes enjambées. Elle avait tout entendu. Son cœur battait très fort. Elle eut peur que Morier ne disparaisse, ne lui échappe, alors qu'elle avait son petit Alain tout près d'elle. Elle comprit que le soir du 11 Morier serait intouchable, là-bas, dans le grand hôpital. Son petit Alain ne pourrait pas l'attraper, ce serait trop dangereux. Elle ne voulait pas qu'il se fasse prendre ; ça n'ajouterait rien de plus.

Son idée pour tuer Morier était très bonne, justement parce qu'Alain s'en tirerait sans dommages.

— Je t'en supplie, Alain, obéis-moi ! mumura-t-elle d'une voix presque inaudible, dans le couloir désert. Si tu ne veux pas m'écouter, je dirai tout ce que tu m'as fait, les saletés que tu me disais dans l'oreille, à ce moment-là ! Tu es fou, Alain, tu es malheureux parce que les femmes te font peur. Pas aussi malheureux que moi, bien sûr, mais quand même, tu n'as pas eu de chance, toi non plus ! Mon pauvre petit Alain.

Elle actionna la manette de son fauteuil dans la position marche avant et s'éloigna, les larmes aux yeux. Avant, quand elle était au collège, elle lisait des romans d'amour et rêvait au prince charmant, comme toutes les gamines de son âge. Mais le sort avait décidé qu'elle ne connaîtrait jamais qu'Alain. Son petit Alain.

Morier

Ce matin, je suis passé à l'Institut chercher mon courrier. Je ne sais plus quoi faire aujourd'hui. J'ai l'esprit vide. Une sensation étrange, contradictoire, m'envahit. Une sensation d'apaisement, sans que pour autant l'angoisse ne me quitte tout à fait. Elle est toujours là, tapie à fleur de peau, prête à se réveiller. Depuis des mois, je m'enivre de travail. C'est aujourd'hui ma première journée de vrai, d'authentique repos, depuis longtemps. Je suis un peu perdu, c'est absurde. Tout à l'heure, j'écrirai une lettre à Isabelle. Il n'est pas trop tard pour recommencer. Si je parviens à nouer des contacts intéressants à Zurich, je pourrai quitter l'Institut, trouver un poste qui corresponde à mes capacités réelles. Quand Planet m'a pris dans son service, il m'a prévenu que je serais sous-payé, sous-employé. Mais je ne voulais plus opérer. Je ne crois pas que je pourrais jamais entrer à nouveau dans un bloc. Si ma communication au congrès produit l'effet que j'en attends, je parlerai à Isabelle. Si je ne peux pas reprendre la vie commune, j'exigerai au moins d'avoir les enfants plus souvent. Je ne sais pas, elle quinze jours et moi quinze jours ? J'aurai un travail fou, je prendrai une gouvernante.

J'écoute de la musique. Vivaldi. C'est une musique euphorisante. Il y avait des mois que je n'avais écouté un disque. Il faudra aussi que je change d'appartement. C'est bête, je recommence à faire des projets.

*

Accoudé à la rambarde du balcon, un verre de jus d'orange très frais à la main – il faisait une chaleur étouffante –, Philippe Morier contemplait les arbres du bois de Vincennes dont le vent agitait les feuilles sans parvenir à apporter un peu de fraîcheur.

La sonnerie de l'interphone retentit soudain. Morier ne l'entendit pas immédiatement. La musique de Vivaldi, sur la stéréo, était trop forte. Mais le disque arriva à son terme. Morier sursauta, se dirigea vers l'entrée et décrocha le combiné. Il n'attendait aucune visite. Dans le hall de la résidence, devant la porte de verre qui donnait accès à l'ascenseur, devant cette porte qui restait close, le visiteur s'impatientait.

Il avait garé sa camionnette sur la chaussée, devant la résidence. Sur la carrosserie du véhicule, des lettres peintes à l'encre bleue encadraient un dessin qui représentait une gerbe de blé grossièrement stylisée. La peinture aux teintes criardes scintillait au soleil. Les lettres indiquaient : *À l'Épi d'or, auberge. Attencourt. Somme. 80*. Morier reconnut ausitôt la voix. Grésard hurlait dans l'interphone.

— Ouvrez, laissez-moi monter ! De toute façon, je partirai pas, j'attendrai que vous sortiez ! Allez, ouvrez !

Morier se mit à tourner en rond dans le salon, tiraillé entre des pensées contradictoires. Fallait-il céder, une dernière fois, pour gagner un peu de temps ? Juste quelques jours, en attendant son retour de Zurich, après, il verrait. Ou au contraire annoncer son intention de ne plus jamais se laisser fléchir, ainsi qu'il l'avait affirmé à Mme Sartan, lors de leur dernier rendez-vous ? Ce qui n'avait d'ailleurs servi à rien. Résigné, Morier appuya sur la touche puis raccrocha le combiné. Il attendit.

— Il faut bien en finir, d'une façon ou d'une autre… soupira-t-il.

Quelques instants plus tard, on frappa du poing contre la porte. Morier se dirigea vers la bibliothèque et saisit un boîtier de cuir. À l'intérieur se trouvait un pistolet. Un Beretta. Morier l'arma, fit jouer le chargeur, engagea une balle dans le canon. On ne sait jamais, ce type est fou, songea-t-il. Morier cacha le pistolet sous une pile de feuillets en désordre sur le bureau. Puis alla ouvrir.

Contre toute attente, Grésard souriait. Pas d'un sourire narquois, provocateur ou cynique. D'un sourire franc. Cet homme ne savait sourire que d'une seule façon. Quand il souriait, il souriait avec une ingénuité désarmante. Quand il ne souriait pas, il ne souriait pas. Tout simplement. Il n'y avait aucune nuance.

— Entrez, asseyez-vous là, dans la bibliothèque. Il y a un fauteuil, je vous en prie, proposa Morier.

Grésard tenait un béret à la main. Il portait un bleu

de travail et il hésitait, empoté. Il s'assit enfin. Morier prit place en face de lui, derrière le bureau. Grésard triturait son béret, se mordait la lèvre, soudain intimidé, alors qu'il se tenait paré à défoncer la porte quelques secondes plus tôt, si Morier ne lui avait pas ouvert... Les livres, les centaines de livres qui tapissaient les murs de la pièce l'impressionnaient beaucoup. Chez lui, il n'y avait pas de livres. On ne dit que des bêtises, dans les livres. Là, c'étaient des livres de docteurs, des gros livres épais, mais on n'y racontait quand même que des bêtises. La preuve, avec tous ses gros livres, le docteur avait loupé son affaire avec Cynthia ! Il parla le premier. Il expliqua qu'il ne fallait pas se foutre de sa gueule, qu'il n'aimait pas ça !

— J'ai autre chose à faire que me déranger ! s'écria-t-il. Pourquoi vous avez pas compris quand ma femme, elle est venue à Paris ? Il faut nous donner de l'argent, pas beaucoup, juste quelques millions, c'est pas beaucoup pour vous !

— Non, répondit Morier. Je ne vous donnerai pas d'argent. Je ne peux plus. Et puis, il y a deux ans, vous avez signé un papier, un papier qui certifie que j'ai payé ma dette, que je ne vous dois plus rien, vous vous souvenez ?

Grésard tritura son béret avec une nervosité accrue, comme s'il avait voulu le déchirer. Les phalanges de ses doigts blêmirent. Il ouvrit la bouche, mais ne parla pas tout de suite. Il chercha d'abord les mots susceptibles de traduire sa pensée. Il dut consentir un effort.

— Un papier, c'est rien qu'un papier, je m'en fous ! éructa-t-il enfin. Il me faut des sous, vous comprenez pas, docteur, sinon, je vais perdre mon restaurant ! Et puis vous avez comme qui dirait tué ma fille, alors vous aurez jamais fini de payer.

Morier répondit que Cynthia n'était pas sa fille. Grésard se mit à rire, d'un rire désarmant de naïveté.

— Cynthia, c'est pas ma fille ? glousa-t-il. Avec tout ce que j'ai fait pour elle ! Elle est bien bonne celle-là !

— Soit. Mais vous n'avez pas le droit de dire que je l'ai tuée, poursuivit Morier, conciliant. Elle vit. C'était un accident. Il en arrive tous les jours et on ne poursuit pas les responsables toute leur vie pour cela. On leur fait payer leur dette, et après tout est terminé. Quand il y a un accident de voiture, on ne met pas les gens en prison. Cynthia, c'était un peu semblable ! Un accident. Voilà tout !

— Docteur, vous allez me donner mon argent ! hurla Grésard.

Son teint devint violacé, les veines de son cou enflèrent. Il hurla, hurla encore, désemparé, roulant des yeux fous, comme s'il cherchait dans la pièce un objet qu'il aurait pu fracasser pour apaiser sa colère. Il se calma enfin.

— J'ai payé ma dette, suffisamment, rétorqua Morier, s'attendant à un nouvel accès de rage.

Il se sentait étrangement serein. Il avait toujours su que cette confrontation se produirait, tôt ou tard. Il y était prêt.

— Vous, docteur, vous avez deux enfants, susurra Grésard. Si vous ne me payez pas, je vais les tuer vos deux gosses, avec mes mains. Comme des lapins ! Crac ! Un coup de poing derrière la tête, et on n'en parle plus…

Il montra ses mains abîmées par le travail. De grosses mains. Crevassées, redoutables.

— On sera bien avancés, hein ?

Morier pâlit. Il venait de réaliser que Grésard était fou. Ses ennuis l'avaient rendu fou. Il était tout à fait capable de mettre sa menace à exécution.

— Vous ne ferez pas ça ! murmura-t-il.

— Si, je vais le faire, j'ai plus rien à perdre, murmura Grésard, le regard perdu dans le vague. J'ai que mon restaurant dans la vie. Il est à moi ! À personne d'autre ! Si on me le prend, je retournerai pas à l'usine. Comme avant. Comme quand j'étais jeune. Vous avez jamais été à l'usine, vous, docteur, à tremper les robinets dans les bains. Vous savez pas ce que c'est, le froid qui vous bouffe la peau ! Vous, vous avec des petites mains, toutes fragiles.

Morier le fixa avec intensité. Il fallait en finir. Il s'agissait là d'une évidence. Le tuer. Mais pas tout de suite.

— Bon. Je n'ai pas de liquide ici, vous vous en doutez, soupira-t-il. Mais nous pouvons nous arranger. Cela vous ennuie de revenir demain ? J'aurai l'argent. Trois cent mille, ça va ?

Morier avait évoqué cette somme au hasard ; il aurait pu proposer le double, le triple, cela n'avait aucune importance. Il obtint l'effet escompté. Grésard souriait de nouveau, avec la même sincérité niaise qu'au début de leur discussion. Puisque finalement tout s'arrangeait, il était heureux. Il suffisait de pousser un coup de gueule pour que tout rentre dans l'ordre.

— Demain, dans l'après-midi, vous me téléphonerez, reprit Morier. Je vous donnerai rendez-vous. J'aurai l'argent. Mais ce sera la dernière fois, n'est-ce pas ?

Il avait prononcé ces dernières paroles d'un ton sévère, le même que celui dont on use pour gronder un enfant. Grésard acquiesça.

II

Alain

Le 11 au soir, je suis allé à l'Institut. Cynthia m'a expliqué que je devais rendre visite à Maria, l'infirmière du pavillon A. Elle disait que c'était nécessaire, absolument ! Elle m'a assuré que Morier était absent ce soir, qu'il était de garde à l'internat. « Ce soir, c'est inutile, demain, tu l'attraperas. Si tu essayes ce soir, mon petit Alain, tu te feras prendre. »

C'est fou, elle était gentille. Elle ne voulait pas qu'il m'arrive des ennuis. Je l'avais baisée en l'humiliant, mais elle semblait s'en moquer. À mon regard, elle avait dû comprendre que j'étais effondré, que son chantage marchait, que j'avais peur qu'on sache que je suis un malade.

J'ai rendu visite à Maria. Elle était un peu gênée depuis la dernière fois. J'ai pris une mine enjouée. J'ai joué la comédie. Si je m'en sors un jour, je crois que je pourrais devenir acteur. Nous avons pris un café, discuté jusqu'à minuit. J'ai bâillé ostensiblement, vers la fin, puis je suis parti en lui faisant la bise. Il fallait que je puisse revenir la voir, le soir du 12, comme si de rien n'était. Cynthia avait bien insisté à ce propos, et je dois avouer qu'elle avait raison.

Vers 1 heure du matin, Cynthia m'a emmené sur place. Elle se dirigeait parfaitement dans le noir, elle avait dû faire le trajet des centaines de fois.

Elle m'a montré les lieux. Nous avons minuté, approximativement. Son idée se tenait, vraiment, elle se tenait !

*

Le docteur Morier, durant sa garde à l'internat, ne ferma pas l'œil de la nuit. Il imaginait des scénarios, tous les scénarios possibles, pour liquider sans faille le beau-père de Cynthia.

— Ce type est un crétin fini, ne cessait-il de se répéter. C'est mon atout, mon atout majeur.

Il était hors de question de le tuer avec le Beretta. Morier avait effectué une période de quelques semaines durant la guerre d'Algérie, dans un secteur très tranquille, rattaché à l'état-major du régiment, près de Blida. Isabelle avait insisté pour qu'il porte une arme, pour ne pas traverser sans défense les quartiers « indigènes » comme on disait alors. Il avait acheté le Beretta dans une armurerie parisienne, lors d'une permission. Isabelle et Planet le savaient, bien entendu. Il était donc hors de question qu'il utilise cette arme.

Au petit matin, on l'appela dans une des ailes du bâtiment qui accueillait des grands brûlés en convalescence. Un des malades se plaignait de démangeaisons insupportables. Morier lui prescrivit des sédatifs. Il revint vers la salle de garde, souriant. La nuit lui avait porté conseil.

III

Le 12 juillet, la région parisienne connut une nouvelle journée de canicule. À l'issue du service de nuit, Cynthia observa Alain qui quittait l'Institut. Quelques instants plus tôt, elle l'avait encore mis en garde, une dernière fois…

— Mon petit Alain, si tu ne viens pas ce soir, je hurle et je parle à Maria. Viens, sinon je raconte tout ce que tu m'as fait !

Alain s'abrutit de somnifères afin de dormir un peu dans la matinée. Au milieu de l'après-midi, pour oublier ne fût-ce qu'un instant le chantage de Cynthia, il marcha dans les rues, au hasard. Ses pas, à la suite d'une longue errance, l'amenèrent dans les parages de la rue Saint-Denis. Il en revint heureux : cette fois, il n'avait pas connu les défaillances qui le plongeaient dans des crises d'angoisse irrépressible.

*

Le matin du même jour, Morier prépara ses bagages, chez lui. Il se remémora les recommandations de l'hôtesse du guichet d'Air France : l'avion pour Zurich décollerait à minuit, il lui faudrait retirer sa carte d'embarquement une heure plus tôt. Tout devrait donc se passer entre 22 heures et 23 heures, puisqu'il ne lui faudrait pas plus de trente minutes pour se rendre de Saint-Maurice à Orly.

Morier avait enregistré sur son répondeur un message destiné à Grésard. Il ne voulait pas lui parler directement, craignant une réaction de colère devant le nouveau retard qu'il allait lui annoncer. Il attendit donc près du téléphone, circonspect. À 15 heures, le beau-père de Cynthia appela. Morier laissa le répondeur se mettre en marche.

Monsieur Grésard, ne quittez pas, c'est le docteur Morier qui vous parle. J'ai votre argent. La moitié en liquide, le reste en chèque. Je suis obligé de m'absenter aujourd'hui. Venez ce soir à l'Institut. Je serai dans mon bureau à 22 heures 30. Vous êtes déjà passé par mon bureau, l'an dernier, quand vous êtes venu chercher Cynthia pour les vacances. Vous retrouverez donc le chemin facilement. Soyez exact, je ne pourrai pas attendre, je dois prendre un avion un peu plus tard. Pour pénétrer dans l'hôpital, vous direz que vous venez chercher Cynthia. Les gens qui sont à l'entrée vous laisseront passer, je les aurai prévenus. À ce soir.

À l'autre bout du fil, Grésard jura, mécontent, mais finit par dire qu'il était d'accord, avant de raccrocher. Morier effaça aussitôt le message : il aurait été gênant qu'à l'occasion d'un appel destiné à donner des nouvelles des enfants Isabelle n'en prenne connaissance ! Puis il partit d'un grand éclat de rire. Un véritable éclat de rire, joyeux, sonore, comme il n'en avait pas connu depuis longtemps. Ce soir, il se débarrasserait de ce pauvre type et on ne pourrait rien prouver. La police l'interrogerait, c'était évident ! Mais on ne pourrait jamais établir sa culpabilité. Il n'était même pas certain qu'elle serait évoquée.

Le docteur Morier se rendit à l'Institut à bord de sa voiture qu'il gara sur le parking, devant les admissions, bien en vue. Il pénétra dans son bureau. Sa présence était nécessaire : l'employé de l'accueil du pavillon A pourrait témoigner qu'il la lui avait annoncée, la veille, en passant prendre son courrier... Il venait classer ses dossiers avant son départ en vacances. Tout était normal.

Cynthia, postée au fond du parc, l'aperçut, assis à son bureau ; la fenêtre était ouverte. Elle ne put se rendre compte qu'il ne faisait rien, qu'il était simplement assis, les mains posées à plat sur la table.

Cynthia alla vérifier la présence de la cassette, là où elle l'avait cachée. Elle hésita. Alain allait tuer Morier, de cela elle ne doutait plus. Mais que se passerait-il s'il lui arrivait un accident, à elle, au cours de l'exécution du plan ? Si elle mourrait ? On pourrait un jour retrouver la cassette, et Alain serait arrêté, accusé. Elle se sentait incapable de faire du mal à Alain. Elle n'avait cependant plus le temps de détruire la cassette. Elle ne pouvait prendre le risque qu'on la découvre avec cette cassette, dans l'Institut, que Marcel, par exemple, la surprenne. Cétait un risque infime, mais un risque, tout de même. Elle la reposa donc dans sa cachette. C'était une très bonne cachette. Elle n'avait pas de soucis à se faire. Personne ne la trouverait. Jamais. Mais si d'aventure, au dernier moment, Alain faisait mine de se défiler, alors la menace serait toujours efficace ! Cynthia était satisfaite. Elle était très fière d'elle. Ce n'était pas si simple de tout prévoir.

Cynthia attendit. L'après-midi et le début de la soirée lui semblèrent interminables. Une éducatrice l'installa devant la télé pour le journal de 20 heures. À 21 heures 30, elle ne vit pas le docteur Morier quitter son bureau. La lumière y était toujours allumée.

Morier

À 21 heures 30, j'ai quitté mon bureau, avec la mallette contenant le texte et les diapos pour ma conférence. J'ai pris ma voiture, garée devant les admissions. J'ai adressé un signe de la main à l'employé de service : ça faisait un premier témoin.

Je suis sorti par la grande grille. J'ai arrêté ma voiture devant la loge et je suis descendu. J'ai précisé à l'employé que je m'en allais, mais qu'il y avait eu un coup de fil, au pavillon. Il n'y avait là rien de surprenant. Le soir, il n'y a plus de standardiste, et si l'on compose le numéro de la ligne directe, on peut obtenir la communication. Les parents de Cynthia ont ce numéro, tous les parents l'ont. J'ai expliqué à l'employé que le père d'une gamine viendrait chercher sa fille pour les vacances, mais que j'ignorais les détails. S'il venait, il pouvait entrer, mais pour ressortir avec sa fille, il devrait passer au bureau des admissions, selon le règlement.

J'ai foncé à Orly. Deux personnes m'avaient vu

sortir de l'hôpital. À Orly, je suis allé au guichet d'Air France en me désolant de la perte de mon billet. J'ai feint la panique, j'ai demandé ce que je devais faire. L'hôtesse a consulté la liste des passagers et m'a assuré qu'il n'y aurait aucun problème, je me suis excusé en remerciant. Il était 22 heures, j'avais un troisième témoin, et celui-là pouvait certifier que j'étais loin de l'hôpital.

Je suis allé rapidement au bar et j'ai commandé un bourbon. J'ai simulé la maladresse et j'ai renversé le verre sur la veste du garçon. Je me suis excusé et je lui ai donné cent francs, en insistant et en racontant des bêtises sur les tarifs des teinturiers. Quatre témoins.

Je suis sorti précipitamment de l'aéroport et j'ai démarré sur les chapeaux de roue. À 22 heures 30, je suis arrivé à proximité de l'hôpital. J'ai contourné la façade et je me suis arrêté devant l'entrée des livraisons, près d'un petit portail très facile à escalader. J'ai changé de chaussures, mis des gants et rangé la première paire de chaussures dans le coffre, à cause des traces dans la terre... J'ai escaladé le portail et j'ai couru dans le parc. Il faisait nuit noire. Je me suis caché dans les bosquets et j'ai attendu. Dans mon bureau, j'avais laissé la lumière allumée.

Cynthia

Mon petit Alain est arrivé à 10 heures un quart. On a été tous les deux dans le grand couloir pour voir si Morier l'ordure était bien là. Il était là, il y avait toujours de la lumière dans son bureau. J'avais déjà été vérifier un peu après 9 heures et demie. Et j'étais tranquille. Soit il est là le soir, soit il est pas là. Mais quand il est là, c'est des coups de 1 heure du matin. Je crois qu'il fait un livre de médecine, je l'ai entendu en parler une fois, c'est pour ça qu'il travaille beaucoup. Et pour m'oublier aussi, je crois, mais je suis pas sûre, c'est vraiment une ordure. Mon petit Alain m'a suppliée d'arrêter, je lui ai parlé longtemps, longtemps, pour lui dire de ne plus pleurnicher.

Morier

Il était 22 heures 35 quand j'ai vu arriver Grésard. Il s'est arrêté à la loge, avec sa camionnette. Mon histoire avait marché, les gens de l'accueil l'avaient laissé entrer. Il a garé sa camionnette dans le parking. L'imbécile, il sifflotait, il se croyait déjà renfloué, il avait oublié ses ennuis. Il a longé l'allée du parc pour se diriger vers l'entrée de l'Institut. J'étais caché à l'endroit le plus sombre, dans l'allée de marronniers, derrière une haie d'arbustes. Quand il m'a dépassé, j'ai bondi et je lui ai plaqué un tampon de chloroforme sur le visage. Il était beaucoup plus fort que moi, mais il a tout de suite sombré. Je l'ai tiré sous le couvert des arbustes, je lui ai ouvert la bouche et je lui ai fait ingurgiter une demi-bouteille de whisky. À l'autopsie, on pourrait ainsi vérifier qu'il était totalement ivre. Je l'ai hissé sur mes épaules et porté derrière l'Institut. J'avais mis le tampon de chloroforme dans ma poche. Le produit serait indécelable à l'autopsie, avec le traitement que je réservais à ce pauvre type… J'ai ramassé la bouteille de whisky, que j'ai fourrée dans une des poches de son blouson.

Alain

Elle m'a dit : « Mon petit Alain, maintenant, il faut y aller. Tu vas dans son bureau, tu m'as dit que tu le connaissais, que tu l'as vu au mariage de ta sœur, donc il ne sera pas trop étonné s'il te voit. Alors, tu l'assommes et tu m'appelles, je serai dans le couloir. »

Je me suis mis à trembler, violemment. Nous étions dans sa chambre. Je tremblais, je ne pouvais plus arrêter. Elle a dit attention, la cassette, mais je ne pouvais pas bouger, j'étais pétrifié, pétrifié. C'était atroce.

Morier

Il était très lourd, quatre-vingt-dix, cent kilos peut-être. Mais j'étais tellement exalté que je ne sentais pas son poids. J'ai poussé la porte de la petite courette de l'appentis du jardinier. Je l'ai adossé contre un mur. Il était totalement inerte. Je l'entendais respirer lourdement. Je suis entré dans l'appentis. J'ai pris deux bidons d'essence parmi les quatre présents. L'essence dont le jardinier se sert pour faire fonctionner sa tondeuse. Chaque bidon contenait deux litres, quatre litres suffiraient. J'ai posé les bidons par terre et je l'ai encore tiré un peu plus loin, pour dépasser un muret. Même si les flammes étaient hautes, elles ne seraient pas visibles de l'Institut, et encore moins de l'hôpital.

J'ai aspergé sa face d'essence, pour qu'il meure

immédiatement. Il n'était pas encore 23 heures. J'avais juste le temps pour arriver à Orly dans les délais. J'ai versé toute l'essence, les deux bidons, alentour. J'ai mis le feu avec un briquet trouvé dans la poche de sa veste. Un vieux briquet d'amadou que je l'avais déjà vu utiliser lors d'une de mes visites à Attencourt. J'ai jeté le briquet dans le cercle du feu, bien au centre, pour qu'on le retrouve ; qu'on puisse constater que l'objet lui appartenait. Il n'a pas crié. Un spasme l'a tordu quand les flammes l'ont atteint. Il me restait deux choses à faire. Partir, bien sûr, mais avant, il me fallait aller chercher Cynthia. Pour l'amener devant lui. J'ai quitté la courette. Il y avait un peu de vent mais les flammes s'étaient arrêtées. Son visage était totalement carbonisé. Le vent soufflait de face quand je l'ai quitté, je n'ai pas senti l'odeur.

Cynthia était l'argument suprême. On découvrirait le corps de ce type, on apprendrait ses ennuis financiers, et on penserait : le pauvre gars a eu un coup de déprime, il s'est supprimé en s'immolant devant la gamine. Un geste de fou. Cynthia devait dormir. On la découvrirait au plus tard le lendemain matin, bavant devant le cadavre de son beau-père, ce serait parfait.

Je connaissais le type de garde. Un étudiant. C'est le fils d'une amie d'Isabelle. Je l'avais aperçu au début de la semaine en compagnie de la petite infirmière du pavillon A. Je suis sorti dans le parc. Je l'ai aperçu à la fenêtre de l'infirmerie du A, avec Maria, ils parlaient devant un café. Il ne faut pas qu'il me voie. S'il est dans l'infirmerie du pavillon A, il ne me verra pas. S'il est dans le couloir du C, j'attendrai. Je ne prendrai pas le fauteuil, seulement la gosse. Je la déposerai par terre, dans la courette, près de son beau-père.

Cynthia

Je lui disais : « Alain, il faut y aller, sinon, je hurle dans une minute, je te préviens, je hurle dans une minute, je hurle », et j'ai vu Morier dans le couloir, à vingt mètres, par la vitre de ma chambre. J'ai dit : « Alain, cache-toi. ». Il l'avait vu lui aussi, il s'est collé contre le mur. Je savais pas ce qu'il venait faire là, l'ordure. Mais j'ai pas eu le temps de penser. Morier est entré et mon petit Alain a levé ses poings. Il a cogné sur Morier. J'ai dit bravo Alain. Maintenant vas-y! Et je l'ai suivi, dans mon fauteuil.

Alain

C'était fou, fou. Je n'ai pas compris ce que Morier venait faire là. Je n'ai pas réfléchi, j'ai frappé. J'avais commencé à le tuer. Je devais continuer sinon on m'aurait demandé pourquoi je l'avais assommé et la petite garce aurait tout dit! J'ai porté Morier derrière l'Institut et je l'ai déposé devant l'appentis du jardinier. Elle m'a montré deux bidons d'essence, sur une étagère. Il faisait nuit noire, je me suis repéré grâce à la flamme de mon briquet. Le jardinier avait dû faire brûler des pneus dans la courette, il n'y avait plus de feu, mais il restait une odeur répugnante. Il faisait noir, j'étais affolé. Cynthia me disait ce que je devais faire.

Elle m'a ordonné de verser l'essence sur Morier.

C'était ça, son idée : Morier, sur un coup de dépression soudain, s'immole par le feu devant la gamine qu'il a esquintée. Grandiose ! J'ai versé un bidon entier sur la tête et le deuxième sur le corps. Elle m'a encouragé : « Mets le feu. » J'ai refusé : « Dis-moi d'abord où est la cassette. » Elle n'a pas voulu céder. J'ai fait brûler Morier. Il s'est détendu, a eu un spasme et il a commencé à crier. J'avais versé de l'essence dans sa bouche et il a seulement exhalé une flamme.

« Va-t'en, maintenant ! » a crié Cynthia. Morier flambait, c'était horrible. « Va-t'en, la cassette est sous mon lit. » Je suis parti en courant, sans me retourner.

*

Cynthia riait à gorge déployée en contemplant le brasier. Morier se consumait, se recroquevillait, c'était un spectacle magnifique. Une planche prit alors feu, une planche qui traînait sur le sol de ciment. Le feu rongea rapidement la planche, puis gagna l'appentis. Une étagère, sur laquelle Jeannot rangeait ses bidons de désherbant et d'autres produits inflammables, s'effondra.

Il y eut une explosion. Cynthia comprit qu'elle allait mourir. Elle se tenait tout près de l'appentis en flammes. Soudain elle fut aspergée d'étincelles, le feu lécha sa chemise de nuit, le cuir du dossier de son fauteuil. Elle voulait bien mourir mais pas souffrir davantage. Elle poussa la manette de son fauteuil sur la position avant. Les batteries du moteur étaient déjà atteintes mais le fauteuil projeta Cynthia contre l'appentis avant de se renverser sur le côté. Elle vit une plaque de tôle tomber du toit et lui écraser le bassin, les jambes. Dans un dernier éclat de conscience, elle se dit qu'elle avait bien réussi sa mort, puisqu'elle avait vu souffrir Morier.

Alain

J'ai foncé à toutes jambes dans le couloir du pavillon C, jusqu'à la chambre de Cynthia, regardé sous le lit, sous le matelas, dans les draps : il n'y avait rien, pas de cassette, rien. J'ai compris qu'elle m'avait fait marcher, que la cassette n'existait pas. J'ai ri nerveusement.

Je me suis vite ressaisi. J'ai repris mon souffle et je suis allé au pavillon A. Rendre visite à Maria. Elle m'a proposé un café, que j'ai accepté. Je me suis dominé, si je m'en sors, je jure que je me fais comédien. Nous avons papoté de choses et d'autres. Peu après, nous avons entendu l'explosion. Un coup très sourd. Maria avait localisé la direction. Le parc, l'appentis de Jeannot. Nous sommes sortis dans le couloir et nous sommes tombés sur la surveillante des admissions qui nous a demandé si nous avions croisé M. Grésard. Nous n'avions vu personne. J'ai commencé à comprendre que Cynthia n'avait pas tout prévu...

— Mais enfin, c'est insensé, il n'y a pas une demi-heure qu'il est venu pour chercher sa fille ! s'est écriée la surveillante.

Maria a répondu qu'il n'y avait pas d'enfant du nom de Grésard dans l'Institut. La surveillante s'est énervée :

— Grésard est le beau-père de Cynthia Sartan, a-t-

elle précisé. J'étais sidéré, j'ai dû faire des yeux ronds, mais je n'ai pas eu le temps de digérer la surprise, car il y a eu des grands cris en provenance du parc. Des pensionnaires du grand hôpital avaient aperçu les flammes, du haut de leurs fenêtres. Nous nous sommes tous précipités vers l'appentis du jardinier. Quand j'ai appris qu'il y avait trois cadavres, j'ai failli m'évanouir.

QUI, POURQUOI, COMMENT ?

Le commissaire Gabelou revint au Quai et monta lentement les escaliers qui conduisaient à son bureau, pensif. Il avait mené les interrogatoires durant plus de vingt heures d'affilée et avait éprouvé le besoin de prendre un peu l'air. Isabelle Morier et Alain Fornat attendaient sur un banc, dans un couloir, côte à côte. Alain se leva et, les mains dans les poches, arpenta le couloir. Par la fenêtre, il vit les quais, les bouquinistes, la Seine, les péniches. Isabelle avait le regard fixe, perdu. Ils n'avaient pas échangé un seul mot depuis qu'on les avait conduits dans ce couloir lugubre. Une femme de ménage passa de la cire sur le parquet, l'odeur envahit les escaliers. Gabelou fit d'abord entrer Alain.

— Alain, êtes-vous l'amant d'Isabelle ? lui demanda-t-il.

— Oui, depuis plusieurs mois, je vous l'ai déjà dit.

Gabelou fixa Alain, mal à l'aise sur sa chaise, ne sachant que faire de ses mains.

— Vous saisissez l'importance de cette question ? reprit Gabelou en réprimant un bâillement.

— Bien sûr… Si je suis l'amant d'Isabelle, je peux avoir un mobile personnel pour avoir tué le docteur, c'est bien ce que vous allez me dire, la jalousie, ou quelque chose d'approchant, n'est-ce pas ?

— Je pourrais, en effet, soupira Gabelou. S'il n'y avait pas eu le témoignage du petit vieux de Deauville, vous auriez avoué être l'amant d'Isabelle ?

— Évidemment non, puisque si je ne suis pas l'amant d'Isabelle, je n'ai aucune raison de tuer Morier ; logique, non ?

Gabelou sourit. Alain lui rendit son sourire. Le jeune inspecteur qui avait accompagné Gabelou à Attencourt et qui assistait à l'interrogatoire eut un geste pour souligner qu'effectivement, c'était logique.

— Et si vous êtes l'amant d'Isabelle, reprit Gabelou, quelle peut être la raison qui vous pousse à tuer Morier ?

— Ah ! ça, commissaire, c'est à vous de me le dire ! Je vous ai avoué que j'étais bien l'amant d'Isabelle, mais je vous assure que je n'ai pas tué Morier.

— Et Isabelle, pourquoi nie-t-elle votre liaison, selon vous ? poursuivit Gabelou.

Alain leva les yeux vers le plafond défraîchi, garda le silence un long moment, l'air sincèrement ennuyé.

— Eh bien, le soir où Morier est mort, elle était à Deauville. Mais moi, j'étais à l'Institut. Comme Morier. Je peux donc être suspect, c'est même le cas, me semble-t-il ? Elle a donc intérêt à nier la relation qui existe entre elle et moi pour ne pas être accusée de complicité ! Voilà mon avis !

— Alain… Auriez-vous tué Morier par jalousie ?

Alain se détendit sur sa chaise, alluma une cigarette après avoir fait circuler son paquet. Deux inspecteurs assistaient Gabelou.

— Mais, commissaire, pourquoi voulez-vous donc que je sois jaloux de Morier ? reprit le jeune homme. Isabelle ne vivait même plus avec lui. On tourne en rond, non ?

Gabelou continua de l'interroger à propos de ses relations avec Isabelle. Alain expliqua en riant qu'il était une gâterie pour femme mûre. Qu'elle avait honte de cette toquade pour un homme aussi jeune que lui, pour un gigolo, et que pour cette raison également elle niait être, ou avoir été, sa maîtresse.

— Et ce que vous lui racontiez au téléphone, quand vous l'appeliez à Deauville, c'est habituel, dans vos rapports ? insista Gabelou.

— Heu oui, oui... confirma Alain en rougissant. Vous comprenez, elle aime ça, dans ces moments-là, elle aime que je l'insulte, que je lui dise des mots orduriers. Ce sont des choses qui arrivent, n'est-ce pas ?

Gabelou acquiesça rapidement puis passa à l'emploi du temps d'Alain durant la journée du 11, du 12, puis de la soirée du 12. Alain expliqua qu'un peu avant 23 heures, le 12, il avait effectué une tournée dans les chambres. Marcel, Marlène et Cynthia dormaient à poings fermés. Ensuite, il était allé rendre visite à Maria, l'infirmière du pavillon A.

— La voyiez-vous souvent, Maria ? demanda Gabelou.

— Oui ! Enfin, au début. Ensuite, il y a eu un petit malentendu entre nous. Je lui avais offert des fleurs, comme ça, un simple geste de sympathie ! Elle a cru, enfin, vous comprenez ? Bon... Je ne suis plus retourné la voir durant plusieurs jours, puis je me suis dit, c'est trop bête d'en rester là. Le soir du 11, je lui ai rendu visite. Nous avons pris le café. Ce n'était pas une réconciliation, puisqu'il n'y avait pas eu de dispute, mais enfin je tenais à venir la voir. Voilà.

Gabelou feuilleta la déposition de Maria. Alain ne mentait pas, il donnait de leurs rapports une version relativement semblable à celle de la jeune femme. Gabelou fit sortir Alain et entrer Isabelle.

Celle-ci, à l'inverse d'Alain, était très nerveuse. Au bord de la surexcitation. Gabelou entama une batterie de questions sur Morier, leur passé commun, l'affaire de la clinique, le chantage exercé par les parents de Cynthia, leur séparation, leur vie à tous deux depuis la rupture. Isabelle répondit très vite, avalant presque ses mots, se répandant en détails insignifiants.

— Madame Morier, Alain est-il votre amant ? demanda ensuite Gabelou. Comprenez-moi, s'il l'est, ça ne veut pas dire que je vais vous suspecter ! Simplement, je veux savoir si quelqu'un qui se trouvait sur les lieux de la mort de votre mari, et qui dit être votre amant, ce dont nous pensons avoir la preuve, est bien, oui ou non, votre amant ?

Isabelle éclata en sanglots en criant qu'elle n'avait aucune raison de vouloir tuer son mari ; ils étaient séparés et allaient divorcer. Alain n'était pas son amant, ne l'avait jamais été, ne le serait jamais ! Gabelou tenta de la calmer, en vain. Un peu plus tard, il la fit reconduire rue de Grenelle en l'avertissant qu'il serait nécessaire qu'elle se soumette à d'autres interrogatoires. Lorsqu'elle fut sortie, Gabelou se tourna vers les deux inspecteurs qui avaient assisté à la scène. Il leur demanda ce qu'ils pensaient de l'attitude d'Isabelle et d'Alain.

— Elle ment, ça se sent, répondit le premier. Elle a honte de s'être tapé le petit gigolo, elle crève de trouille, c'est pour ça qu'elle nie. De toute façon, on est couverts avec le témoignage du pépère de Deauville.

— Oui, mais Alain ? corrigea le second. Il aurait intérêt de nier encore plus, non ? Il y a un trou dans son emploi du temps, le soir du 12. Il est arrivé au pavillon A, chez Maria, relativement tard. Ce type n'est pas net !

— J'avais remarqué, merci ! répondit Gabelou, mais ce n'est pas un imbécile. Il a bien compris que le témoignage du pépère nous prouve qu'il était l'amant de la femme de Morier. Et ça le met mal à l'aise. Cela dit, je ne vois vraiment pas pourquoi il aurait tué Morier. Vous l'avez entendu ? La jalousie, ça ne tient pas debout ! On tourne en rond !

Gabelou, après le départ de ses deux adjoints, resta songeur. Quel mobile, en effet, aurait bien pu pousser Alain à tuer Morier ? La jalousie, certainement pas, la question paraissait réglée. L'argent ? Celui que lui aurait donné Isabelle, à la suite de la mort de son mari, en guise de prime pour le meurtre ? Certes, elle héritait de tous ses biens. Mais quel intérêt aurait-elle eu à précipiter les choses, alors que son divorce, programmé, allait lui assurer des moyens de subsistance plus que confortables ? L'argument n'était pas très satisfaisant. Restait une autre hypothèse : ce n'était pas Alain qui avait tué Morier. Le beau-père de Cynthia faisait un coupable idéal. Gabelou pesa le pour, le contre. Morier et Grésard s'étaient affrontés, et ils avaient tous deux péri à la suite de la bagarre ? Pas très convaincant. Restait que Morier avait mis un soin extrême à se préparer un alibi, en se rendant à Orly quelques dizaines de minutes avant sa mort. Rien ne pouvait expliquer son retour subit à l'Institut ! Les deux hommes se haïssaient, c'était la seule certitude. Alors, que penser ? Version A : Grésard, résolu à intimider Morier pour lui soutirer quelques dizaines de milliers de francs, avait-il dérapé ? Version B : Morier, exaspéré par l'acharnement que manifestait Grésard pour lui extorquer de l'argent, avait-il pris l'initiative le premier ? Gabelou était bien près de jeter l'éponge.

Alain

Ils m'avaient coincé, avec leur histoire de témoignage du pépère de Deauville. Au début, je me suis affolé, je me suis dit, ils vont apprendre que je suis malade mais ensuite j'ai saisi qu'au contraire, ce petit vieux, c'était la bonne aubaine ! Il fallait que j'affirme qu'Isabelle était bien ma maîtresse, s'ils voulaient, je pouvais leur imaginer tout un tas de détails sur la façon dont elle baisait ! En insistant pour qu'Isabelle soit ma maîtresse, je me donnais une raison de tuer Morier, la jalousie ou une bêtise comme ça. C'était un comportement tout à fait irrationnel, qui les a décontenancés… Ils me soupçonnaient et je leur laissais entendre :

« Mais oui, soupçonnez, j'ai un mobile, voyons ; je me faisais sa femme... » Un mobile complètement bancal. Et ça a eu l'air de marcher. Si je tenais à leur révéler ma relation avec Isabelle, c'est que je n'avais pas tué son mari.

Et puis il n'y avait pas que ça. Gabelou était en plein brouillard avec ses trois cadavres. Il nageait. Il ne comprenait rien. Qui avait tué Morier ? Qui avait tué le beau-père de Cynthia ? Et Cynthia ? Et si l'un des deux avait tué l'autre et s'était ensuite suicidé ? Mais lequel ?

*

Gabelou employa la dernière quinzaine de juillet à rassembler des kilomètres de témoignages dactylographiés. Maria, le professeur Planet, l'employé de l'accueil du pavillon A, les gardes de la loge qui avaient vu Morier quitter l'hôpital, la mère de Cynthia, les gens d'Attencourt, ceux de la clinique qui avait appartenu à Morier, à Amiens.

On avait récupéré la voiture de Morier derrière l'hôpital. Gabelou ne comprenait vraiment pas pourquoi le médecin s'était donné la peine de se rendre jusqu'à Orly. À moins que ce ne fût pour y laisser des traces, à dessein ? Personne ne l'avait vu revenir à l'hôpital. À moins qu'il n'ait escaladé le portail des livraisons ? Il n'y avait rien de spécial dans la Renault 20 du médecin. Une valise contenant un costume et du linge, une paire de chaussures de rechange, le texte et les diapos de la conférence qu'il devait prononcer au congrès de Zurich, rien que de très normal... Gabelou établissait de grands tableaux sur lesquels figuraient les heures, les personnages. Il les étudiait et récapitulait, à voix basse.

— 21 heures 30, Morier quitte l'hôpital, direction Orly. À 22 heures 30, le beau-père de Cynthia arrive à l'Institut. Une heure plus tard, on retrouve leurs corps calcinés, et on y ajoute celui de Cynthia. Voilà le point de départ.

Alain

Ils se sont débattus avec leurs trois cadavres pendant pas mal de temps. Ils m'amenaient au Quai, avec Isabelle, pour nous faire raconter notre histoire. Gabelou s'acharnait. Il voulait des détails, je lui en donnais. Je lui décrivais le beau cul d'Isabelle, qui s'offrait à moi, en levrette... Je connaissais ma déposition sur le bout des doigts. Je n'en changeais jamais.

Je me doutais de la culpabilité de Morier pour le meurtre du beau-père. Cynthia était ainsi doublement vengée. Je me souvenais de cette odeur immonde, au moment où j'avais déposé Morier inanimé devant l'appentis... Morier avait eu la même idée que Cynthia, la même mise en scène, mais en changeant les acteurs. Au moment où je l'ai assommé, Morier venait sans doute chercher Cynthia pour la déposer devant le cadavre de son beau-père. Morier était tellement esquinté qu'il était impossible pour les responsables de l'autopsie d'établir qu'il avait été assommé avant de mourir. C'est dommage, car, dans ce cas, Gabelou aurait été persuadé que le beau-père avait tué Morier et s'était suicidé ensuite ! Morier devait avoir eu une idée du même genre pour brouiller l'enquête : il a dû saouler le beau-père après l'avoir mis K. -O.

Isabelle sombrait dans la paranoïa. Ce n'était pas du bluff, elle devenait réellement folle. Elle disait que j'avais manigancé un piège avec Morier pour les empêcher de divorcer. Elle ne changeait plus de vêtements, se laissait totalement aller. C'était épouvantable. Au début septembre, il n'était plus possible de la laisser chez elle avec les deux enfants ! Il a fallu l'hospitaliser. Depuis juillet, elle avait perdu une dizaine de kilos. Je l'ai revue lors de la reconstitution.

*

Gabelou ne croyait pas au suicide. Peu à peu, il se persuada que Morier avait tué Grésard, le beau-père de Cynthia. Qu'il avait manigancé un faux départ de l'hôpital, et tué – de façon atroce – le pauvre homme. Gabelou avait interrogé tout le personnel de l'Institut. Du moins, ceux qui y travaillaient déjà, quand, un an auparavant, Mme Sartan et son ami étaient venus chercher Cynthia pour la conduire en vacances à Attencourt. Ils s'étaient alors longuement promenés dans le parc. Mais il paraissait hautement improbable qu'ils fussent passés par l'appentis de Jeannot. Pas impossible, mais hautement improbable. On pouvait donc légitimement se demander comment le beau-père de Cynthia se serait orienté de nuit vers cet appentis, en sachant qu'il y trouverait de l'essence. Et tout cela avec une bonne dose d'alcool dans l'estomac ! Ce n'était pas lui qui avait tué Morier, mais Morier qui l'avait attiré dans un piège. La théorie était séduisante, mais, sitôt après l'avoir formulée, Gabelou remettait tout en cause. Autour de ces trois cadavres, une série d'improbabilités autorisaient, et infirmaient ensuite, les hypothèses les plus variées. Gabelou pensait qu'il était assez peu crédible, d'après l'image qu'il avait de lui, que Morier se fût suicidé. Mais alors, il fallait introduire un troisième personnage, qui aurait décidé d'assassiner Morier le soir même où celui-ci avait entrepris de tuer le beau-père de Cynthia ! En désespoir de cause, Gabelou se pencha de plus près sur la déposition d'Alain.

Alain

Gabelou m'a eu le 12 septembre, deux mois après la fameuse soirée… C'est ma faute, il n'aurait pas dû, pas pu, me faire trébucher. Matériellement, il n'avait aucune preuve. Rien. L'autopsie avait été un fiasco et les vêtements que portaient Morier et le beau-père avaient brûlé.

*

Depuis plus d'une vingtaine d'heures, Gabelou interrogeait Alain. Un jour et une nuit, quasiment sans discontinuer. Gabelou, aussi fatigué qu'Alain, lui avait fait recommencer sa déclaration des dizaines de fois. Alain fermait les yeux, délirait.

— Allez, encore une fois, petit, lui demanda Gabelou, raconte-moi Isabelle !

Alain imaginait Cynthia, tout ce qu'il avait fait subir à Cynthia, les gestes, les mots, mais il ne prononçait pas son nom, bien entendu. Il parlait d'Isabelle. Puis brusquement Gabelou changea de question, il voulut savoir, à quelle heure, déjà, il était allé voir Maria, le soir du 12... Alain répétait, répétait inlassablement. Il n'y avait pas une faille dans son discours mille fois récité.

Alain

Gabelou, aussi crevé que moi, n'était plus sûr de rien. Il s'embrouillait, confondait. Je pensais qu'il allait bientôt lâcher, je regardais par la fenêtre, en parlant d'Isabelle. Je voyais la Seine, les péniches, les bateaux-mouches. Il était tôt, nous avions passé la nuit à parler, puis la journée de la veille. Mille fois les mêmes mots, mille fois les mêmes phrases. C'était une farandole. Maria, Isabelle, Cynthia, Maria, Isabelle... Il était 9 heures du matin, je ne savais plus, soir ou matin, mais non, du matin, puisqu'il faisait jour. Gabelou a dit : « Bon, c'est assez. » Il a téléphoné pour commander du café et des croissants.

*

Gabelou avait demandé du café, des croissants. Il était 9 heures. Il attendait. Il contempla le visage épuisé d'Alain. Du laboratoire, un inspecteur l'appela et lui demanda s'il avait avoué.

Alain

Je l'ai entendu, l'autre, au bout du fil, un murmure, et Gabelou a dit : « Non, il n'a pas avoué. Pas encore ? Non, pas avoué, pas du tout. »

*

Au laboratoire, l'inspecteur dressait l'inventaire des pièces à conviction mises sous scellés et destinées au rapport qu'il remettrait au juge d'instruction. Devant lui se trouvait une multitude de sachets de plastique : des restes calcinés des vêtements de Morier, la bouteille de whisky noircie, un briquet…

— Commissaire, vous m'entendez ? demanda l'inspecteur. Sur ma liste, il y a la bande, vous savez, la bande du magnéto de Morier, celle où il a enregistré sa conférence, celle dont on s'est servi pour recueillir le témoignage du pépère. Et là, je n'ai pas la bande, pour l'inventaire, est-ce que vous ne l'auriez pas gardée dans votre bureau ?

Alain

Gabelou venait de répondre que je n'avais pas avoué. Puis, tout de suite après, il a dit « Oui, j'ai la bande. » J'ai sursauté, et j'ai hurlé : « C'est impossible, vous n'avez pas la bande. » Gabelou m'a regardé d'un air étonné, puis il s'est levé. Il ne pouvait pas avoir la bande, puisque Cynthia, elle me l'avait fait comprendre, n'avait rien enregistré, c'était un mensonge. Il m'a demandé : « Pourquoi je ne peux pas avoir la bande, hein, petit ? » Il m'a giflé. « Pourquoi est-ce impossible que j'aie la bande, hein, pourquoi ? » Et il m'a frappé, de nouveau. C'était trop tard !

*

Gabelou dut s'acharner trois heures durant. Il voulait savoir de quelle bande Alain avait parlé. Au bout de ces trois heures, Alain s'effondra.

— D'accord, soupira-t-il, j'ai tué Morier, mais pas le beau-père ! Apportez-moi à manger, et je vous raconte.

Alain

Ils m'ont apporté à manger, du café, des tartines. J'ai mangé. Plusieurs inspecteurs sont venus. Les chiens à la curée. Je leur ai tout raconté. Cynthia, que j'avais baisée, mon impuissance, Cynthia qui n'était pas débile. À la fin Gabelou m'a dit : « Écoute, petit, si tu crois que tu vas t'en sortir avec des conneries pareilles, tu te trompes. »

*

Gabelou se renseigna auprès du médecin et de la psychologue du pavillon C. Cynthia était totalement débile, il ne subsistait aucun doute là-dessus. On lui montra le dossier médical. La réponse était catégorique. Il vit les encéphalogrammes, les comptes rendus des tests. Écouta les explications. Cynthia était totalement débile. Un Q.I. de moins de 30. Il n'y avait aucun doute. Gabelou eut beaucoup de mal à croire qu'Alain avait fait l'amour avec Cynthia. Il se convainquit peu à peu que si Alain racontait de telles inepties, c'était pour couvrir Isabelle. Mais pourquoi ? Gabelou ne le savait pas. Il fit fouiller l'Institut pour tenter de retrouver la cassette de Cynthia. Oui, elle était débile, mais sait-on jamais ? Les médecins étaient furieux. Même si le diagnostic de débilité se trouvait contesté, Cynthia n'aurait pu dissimuler sa cassette dans un endroit inaccessible ! Elle ne pouvait grimper aux arbres, accéder à la cave, il n'y avait pas d'ascenseur pour y descendre. On ne trouva rien. Cynthia n'avait jamais rien caché, elle était bel et bien débile. Alain mentait donc.

Peu après la fouille de l'Institut, Gabelou rendit visite à Isabelle. Sur l'intervention de Planet, elle avait été admise dans un service de psychiatrie. Elle restait prostrée dans son lit, gavée de neuroleptiques. Gabelou lui demanda si Alain avait bien été son amant. Pour la première fois, elle avoua. Elle utilisa les termes orduriers déjà évoqués par le voisin de Deauville pour décrire leurs rapports.

Dès lors, la conviction de Gabelou se trouva renforcée. L'histoire qu'Alain avait bâtie autour de Cynthia ne tenait tout simplement pas debout. Il conclut que le jeune homme avait décidé de tuer Morier pour prouver à Isabelle qu'il était digne de mériter son amour.

— Un vrai couple de cinglés ! souligna Gabelou en résumant ses réflexions face aux inspecteurs qui l'avaient assisté dès le début de l'enquête. Écoutez, les gars, on ne va pas se lancer dans la psychologie de boulevard, mais notre pauvre Alain a de gros problèmes dans sa petite tête, hein ? Il est écrasé par son père, une brute épaisse, un parvenu obsédé par le fric qu'il a réussi à amasser à la force du poignet, alors que la mère est totalement évanescente, et refile en douce à son fiston un peu de blé pour aller se payer des putes ! Qu'il n'arrive même pas à se faire ! Alors, quand notre petit jeune homme parvient à se glisser dans le lit d'une femme comme Isabelle, il ne sait plus où il en est ! C'est le nirvana ! Le hic, c'est que Morier menace de refaire surface. Son bouquin va bientôt paraître, il sortira grandi de l'affaire et pourra revendiquer un retour en force auprès de sa femme, vous me suivez ? Isabelle est à cran. La situation est des plus troubles. Alain la fait reluire, ce qui n'est pas désagréable. Elle veut oublier son mari, ce pauvre Morier qui trimballe une casserole épouvantable ! Alain dit banco, je me charge de le supprimer, sans qu'Isabelle réalise pleinement ce qui est en train de se passer ! Elle plane. Batifole à Deauville avec ses deux gosses tandis que son amant mijote son coup.

Gabelou n'avançait pas ses pions au hasard. Les expertises psychiatriques auxquelles Alain avait dû se plier suggéraient une personnalité des plus perverses.

Il était l'amant d'Isabelle, le fait était établi. Tous deux avaient décidé de supprimer Morier. Morier, qui avait lui-même condamné à mort Grésard, le beau-père de Cynthia. Les deux hommes s'étaient rencontrés, affrontés près de l'appentis de Jeannot le jardinier. Ensuite, Alain était entré dans la danse.

Alain avait avoué. Pour Gabelou, c'était le principal. Le reste, il s'en moquait. Il avait retrouvé le coupable.

Enfin, *un* coupable. Un coupable encore en vie. Son travail s'arrêtait là. Il classa les déclarations, les aveux d'Alain, les photos des cadavres, le fouillis de vêtements, d'objets divers, les photocopies du compte chèques des parents de Cynthia. Il signa son rapport, pour le juge d'instruction. Tout était terminé.

*

La reconstitution eut lieu le 15 octobre. Alain n'avait jamais voulu démordre de sa version. Le juge d'instruction s'en moquait : il avait avoué sa culpabilité, c'est le plus important. Morier avait tué le beau-père de Cynthia, c'était une affaire classée. Alain avait tué Morier, c'était une affaire qui serait bientôt classée.

Les gendarmes avaient envahi le parc et formaient une grande haie autour du pavillon C. Alain était tendu. Le juge d'instruction s'adressa à lui, lui expliqua qu'il espérait une collaboration loyale de sa part. Alain blêmit. Dans un des fourgons de gendarmerie se tenait Isabelle, sous bonne garde. La reconstitution commença.

*

Marcel n'était pas content. Il jouait dans le parc, mais on l'en avait chassé.

— Va donc plus loin ! lui avait dit un gendarme.

Marcel s'éloigna en bougonnant, loin de la haie formée par les gendarmes. Il chantonnait. Sans que personne ne s'intéresse à lui, il s'arrêta près de l'arbre sous lequel Cynthia faisait son exercice. Un gros hanneton bourdonnait en vol. Marcel aimait bien capturer les hannetons. Il leur arrachait les ailes, puis les enfermait dans une grosse boîte d'allumettes. Marcel tenta d'attraper celui-ci… Mais l'insecte s'envola dès qu'il tendit la main vers lui. Puis il revint et se posa sur le tronc du marronnier. Il pénétra à l'intérieur d'une fente qui s'ouvrait en profondeur, dans la chair de l'arbre.

Marcel glissa ses doigts dans la fente, mais le hanneton lui échappa encore. Il y avait un objet, au fond de cet orifice tapissé de mousse. Marcel l'en extirpa. Il s'agissait d'un sachet plastique contenant une cassette audio. Quelqu'un avait fait une farce à Marcel. Quelqu'un de méchant. Mais maintenant, le méchant était bien attrapé puisque Marcel avait retrouvé sa cassette de Chantal Goya, celle qu'on lui avait volée ! Il courut vers le pavillon C. En chemin, il croisa Jeannot, le jardinier, se précipita vers lui en brandissant la cassette.

— Cassette Chantal Gouya, cassette Chantal Gouya ! criait-il avec des accents de triomphe.

— Oui, c'est bien, Marcel, mais laisse-moi, je suis occupé ! bougonna Jeannot.

Il continua de travailler au milieu du parc, à ramasser les feuilles mortes de l'automne. Il en fit un grand tas qu'il s'apprêta bientôt à faire brûler. Marcel courut jusqu'à sa chambre et referma soigneusement la porte. Il avait peur que les farceurs viennent encore lui voler Chantal Goya. Il écouta la cassette, sa cassette. Ils étaient méchants, les farceurs. Ce n'étaient plus les chansons de Chantal Goya qu'on entendait. Mais la voix de quelqu'un qui ne chantait même pas. Alors

Marcel arracha la cassette en pleurant. De sa grosse chaussure orthopédique, il l'écrasa, la fracassa. Il pulvérisa le boîtier, en pleurant de rage. Puis il se calma. Il ramassa la bande magnétique – il y en avait au moins vingt mètres – joua avec, l'enroula autour de son torse, de ses mains, la déroula, se noircit les doigts à force de la manipuler.

Puis il revint en courant dans le parc. Il y avait un peu de vent, et la bande déroulée devint un cerf-volant de fortune. Marcel courut encore, tourna en rond, vint longer en riant les gendarmes qui entouraient le juge d'instruction et Alain. Il courut encore, encore. Puis il s'en alla aux cuisines, il avait un peu faim. Jeannot passa son râteau dans l'herbe, il rassembla le reste des feuilles mortes. Marcel avait laissé tomber la bande dans l'herbe humide. Le râteau de Jeannot l'attira dans le tas de feuilles qui se consumaient au milieu du parc.

FIN

DU MÊME AUTEUR

Aux éditions Gallimard

Dans la collection Série Noire

LE MANOIR DES IMMORTELLES, *n° 2066.*

LES ORPAILLEURS, *n° 2313.*

LA VIE DE MA MÈRE !, *n° 2364.*

Dans la collection Folio

LA BÊTE ET LA BELLE, *n° 2567.*

MYGALE, *n° 2684.*

Dans la collection Page Blanche

UN ENFANT DANS LA GUERRE.

Aux Éditions Dagorno

DU PASSÉ FAISONS TABLE RASE.

Aux Éditions Payot

COMEDIA.

Aux Éditions Le Dilettante

TRENTE-SEPT ANNUITÉS ET DEMIE.

Aux Éditions Manya

LE PAUVRE NOUVEAU EST ARRIVÉ.

Aux Éditions du Seuil

L'ENFANT DE L'ABSENTE.

Aux Éditions de l'Atalante

LE SECRET DU RABBIN.

Cet ouvrage a été composé
par Infoprint.
Reproduit et achevé d'imprimer sur Roto-Page
par l'Imprimerie Floch à Mayenne
le 28 septembre 1995.
Dépôt légal : septembre 1995.
Numéro d'imprimeur : 38306.

ISBN 2-07-049579-5 / Imprimé en France.

73333